浪人若さま 新見左近
決定版【五】

陽炎の宿

佐々木裕一

双葉文庫

目次

第一話　忍び旅　7
第二話　古城の女　73
第三話　陽炎《かげろう》の宿《しゅく》　145
第四話　千人同心《せんにんどうしん》の誇《ほこ》り　208

徳《とく》川《がわ》家《いえ》宣《のぶ》

江戸幕府第六代将軍
寛《かん》文《ぶん》二年（一六六二）～正《しょう》徳《とく》二年（一七一二）

寛文二年（一六六二）四月、四代将軍徳川家綱《いえつな》の弟で、甲府《こうふ》藩主徳川綱重《つなしげ》の子として生まれる。綱重が正室を娶《めと》る前の誕生であったため、家臣新見正信《にいみまさのぶ》のもとで育てられる。

寛文十年（一六七〇）、九歳のときに認知され、綱重の嗣子《しし》となり、元服後、綱豊《つなとよ》と名乗る。延《えん》宝《ぽう》六年（一六七八）の父綱重の逝去《せいきょ》を受け、十七歳で甲府藩主となる。将軍家綱が亡くなった際には、世継ぎとして候補に名があがったが、将軍の座には、叔父《おじ》の綱吉《つなよし》が就《つ》いた。

五代将軍綱吉も、嫡男《ちゃくなん》の早世《そうせい》や、長女鶴姫《つるひめ》の婿《むこ》である紀州《きしゅう》藩主徳川綱教《つなのり》の死去等で世継ぎに恵まれなかったため、宝永《ほうえい》元年（一七〇四）、綱豊が四十三歳のときに養嗣子となり、江戸城西ノ丸《にしのまる》に入り、名も家宣と改める。宝永六年（一七〇九）の綱吉の逝去にともない、四十八歳で第六代将軍に就任する。

将軍就任後は、生類憐《しょうるいあわれ》みの令をはじめとした、前政権で不評だった政策を次々と撤廃《てっぱい》。間部詮《まなべあき》房《ふさ》を側用人《そばようにん》として重用し、新井白石《あらいはくせき》の案を採用するなど、困窮《こんきゅう》にあえぐ庶民のため、政治の刷新をはかり、万民に歓迎される。正徳二年（一七一二）、五十一歳で亡くなったため、治世《ちせい》は三年あまりとごく短いものであったが、徳川将軍十五代の中でも一、二を争う名君であったと評されている。

浪人若さま　新見左近　決定版【五】

陽炎《かげろう》の宿《しゅく》

第一話　忍び旅

一

天和《てんな》二年（一六八二）の年が明けた。

浅草花川戸《あさくさはなかわど》にあるお琴《こと》の店は今日も繁盛《はんじょう》しており、朝から小物を求める娘たちが押し寄せていた。

お琴が自ら見立てて仕入れた商品は相変わらずの人気ぶりで、

「やっと買えました。今日は品川《しながわ》から、泊まりで来ましたのよ」

お供を連れた大店《おおだな》の娘らしき客が、気に入った物をまとめて買おうとして、他の客から苦情が出た。

お琴は困り顔だが、店を手伝っているおよねは慣れたもので、まとめ買いは他のお客の迷惑だとなだめて、騒ぎを収めた。

夕暮れ時になると店は落ち着いたが、お琴はなぜかこころここにあらずといった調子で、時々勘定《かんじょう》を間違えるほどである。

お琴の様子に気づいた常連が、

「ねえ、およねさん。なんだかお琴ちゃん、様子が変ね」

などと小声で訊《き》いたが、

「そうですかねぇ。何かいいことでもあるのかしら」

と、明るく答えて、はぐらかした。

お琴が商売に身が入らぬのは、今夜久しぶりに、新見左近《にいみさこん》が夕餉《ゆうげ》をとりに来るからだ。

しばらく店に来ていない左近を誘おうと言い出したのは、およねである。

待っていても顔を出さぬ左近を、こちらから誘おうと、二日前にお琴の返事も聞かずに店を飛び出し、谷中《やなか》のぼろ屋敷に足を運んだが留守であった。

そのため、懇意《こんい》にしている医者の西川東洋《にしかわとうよう》ならば、左近の居場所を知っているかと思い訪ねてみると、東洋は澄《す》ました顔で口にする。

「新見殿は、箱根《はこね》にお出かけじゃぞ」

「箱根に？」

「さよう。わしが用を頼んだ」

東洋が、咄嗟《とっさ》についた嘘《うそ》である。

「何か、急なことかの」

「いえね、近頃お顔を見ないものだから、今夜あたり夕餉に誘おうかと思って」

「さようか」

「それだけじゃないんですよう、先生」

「うむ？」

「うちの馬鹿亭主が、とんでもないことを言うものだから、気になっているんですよう」

およねは、亭主の権八《ごんぱち》が昨年の冬に見たことを伝えた。

見たというのは、左近が将軍綱吉《つなよし》と狩りに出かけた際、曲者《くせもの》に襲われて胸に傷を負い、牧野成貞《まきのなりさだ》の下屋敷で一泊したあと、根津《ねづ》の屋敷に帰った時のことだ。

「まさか、いや、それは何かの間違いであろう」

東洋は驚いた顔をして、とぼけた。

「でもね、先生。左近様が、ちょうどその頃からおかみさんのところへいらっしゃらないから、間違いないって、うちの人が言うんですよう」

「わしも仕事を頼むこともあるしな、何かと忙しくされておるのじゃろう。ま、戻られたら、お誘いがあったことを伝えておこう」

「いつ戻られるので？」

「そうじゃな、明日か明後日《あさって》には、戻られるはずじゃ」

「それじゃ、よろしくお願いしますよ。あ、そうだ、先生も来てくださいな」

「約束はできぬが、手が空けば、呼ばれるとしようか」

およねがいそいそと帰っていくと、

「なんとも、心の臓に悪いわい」

東洋は胸をなでおろした。

左近は、狩場で曲者に襲撃された時の胸の傷がなかなか癒《い》えず、甲府《こうふ》藩邸に引き籠《こ》もり、東洋の治療を受けていた。年の瀬になってようやく肉が盛りはじめ、今では刀を振れるほどに快復している。

そこで東洋は、急いで藩邸に顔を出し、およねから聞いた話を左近に伝えた。

「何、権八殿が、屋敷に入る殿を見たじゃと？」

共に聞いていた家老の新見正信《まさのぶ》は、どうするのかとうかがう顔を、左近に向けている。

「確かか」

「牧野殿の下屋敷の普請場《ふしんば》で、殿のお姿を目にし、あとを追ったそうにござる」

左近は黙ってうなずき、目を閉じた。

この時が来たか、と思いはしたものの、動揺はない。いつかは話さねばならぬと、決めていたことだ。

「殿、ご身分を知られたからには、市中にくだるのは、おやめいただかなくてはなりませぬぞ」

正信が、険しい顔で言う。

甲府藩主にして現将軍綱吉の甥《おい》という真の身分を知ったお琴や権八夫婦が、これまでと同じように接するはずはなく、互いに気まずい思いをするだけだというのが、正信の意見だ。

それだけではない。

権八たちが周囲の者に言えば、たとえ左近がよくても、町の皆は普段どおりの暮らしができなくなる。それだけ、将軍家血筋の身分というのは、周囲の者に気を使わせる存在なのだ。

「この誘いは受ける」

左近が言うと、正信が目を丸くした。

「殿……」

「だが、まことに身分が知られているなら、お琴の店に足を運ぶのはよそう」

「おとぼけになれば、よろしいかと」

東洋が言った。

「うむ？」

「権八は、この屋敷に入り、殿の顔をはっきり見たわけではござらぬ。知らぬ存ぜぬで通せばよろしいのでは」

「しかし、いつまでも嘘をつくというのも、気が引ける」

「正直に話して、なんといたしまするか。すべてを話したうえで、お琴殿を側室として屋敷へお迎えになられますか」

「東洋殿、口を控えられよ」

正信が口調を荒らげた。

「ご無礼を承知で言上《ごんじょう》つかまつる」

「東洋殿――」

「構わぬ。申せ」

左近が許すと、東洋は続けた。

「お傷の治療をさせていただきながら気づいたのでございますが、殿は、お琴殿のことで悩んでおられますな」

「そのようなことが、なぜわかる」

「つける薬が、ございませぬからな」

左近は胸の内を見られた気がして、苦笑いをした。

「とにかく、お琴の店に顔を出そう。身分を隠しきれぬようであれば、正直に打ち明ける。あとのことは、それからだ」

「かしこまりました。では、明後日の夜ということで、伝えておきまする」

東洋は両手をついて頭を下げ、屋敷を辞した。

そして当日を迎え、久々に左近と会えるとあって、お琴は朝から落ち着かなかったのだ。

二

日が暮れる前に根津の屋敷から出かけた新見左近は、藤色の着物に袴《はかま》を穿《は》き、腰には宝刀安綱《やすつな》を差し、以前お琴がくれた羽織《はおり》を着けている。

江戸は抜けるような青空であったが、上野山《うえのやま》の坂をくだっていると、不忍池《しのばずのいけ》を舐《な》めるようにして吹き上げる風は身を刺すように冷たい。

浅草に着く頃には日も暮れていたが、夜も人でにぎわう浅草寺《せんそうじ》前の通りを歩いて花川戸へ行くと、お琴の店に向かった。

すでに店は閉められていたが、左近のために表の潜《くぐ》り戸《ど》は開けてあり、中から明かりが漏れていた。

声をかけて中に入ると、店の帳場にいたお琴が立ち上がり、優しい笑みで迎えてくれた。

「左近様、ご無事で……」

声を詰まらせたお琴は、涙を見られまいと背を向け、顔をうつむけた。

「……すまぬ」

思わず息を呑《の》んだ左近は、文《ふみ》ひとつよこさなかったことを詫《わ》びた。

「いいのです。さ、みんな待っていますから、お上がりください」

振り向いたお琴は、目こそ潤《うる》んでいるものの、明るい顔をして左近を奥の座敷へ誘った。

白い生地《きじ》に松葉をちりばめた着物を粋《いき》に着こなしているお琴の後ろに続き、左近は庭が見えるいつもの座敷に向かった。

襖《ふすま》の向こうから、権八の威勢のいい声が聞こえていたが、

「お見えになりました」

お琴が言った途端に、ぴたりと声がしなくなり、静かになった。

お琴が膝《ひざ》をついて襖を開けると、左近は中に入った。

入ると同時に、権八が廊下まで下がり、

「へへぇ」

頭を畳に擦《こす》りつけて、

「こ、甲州《こうしゅう》様とは露知《つゆし》らず、これまでの無礼をお許しくだせえ」

おい、かかあ、おめえも詫びろと小声で言ったが、およねは呆《あき》れ顔で亭主を見下ろし、

「まだ言ってるよ、この人は……東洋先生が違うと言ったんだよ。それにね、天下の将軍様お血筋の甲州様が、こんなところに来るわけないじゃないか」

「はは、まったくだ」

およねに賛同したのは、岩城泰徳《いわきやすのり》だ。

泰徳は、隠居した父、雪斎《せっさい》に代わり、本所石原町《ほんじょいしわらちょう》の岩城道場のあるじとなり、甲斐無限流《かいむげんりゅう》を教えている。

岩城家は、お琴の母の実家である。

お琴の父、三島兼次《みしまかねつぐ》は五千石の大身《たいしん》旗本であったが、政敵に敗れて切腹となり、お家も断絶となった。

幼《おさな》くして家と両親を失ったお峰《みね》とお琴の姉妹は、母の実家である岩城家に引き取られ、娘として育てられた。

左近は、正信の友人である岩城道場に出入りするうちに、お峰と恋仲になった。本来の身分を隠したまま、縁談は進められたものの、お峰は病《やまい》で帰らぬ人となってしまった。

左近と親友である泰徳は、お琴のことを実の妹と思い、時々ではあるが、こうして三島屋《みしまや》を訪れる。

今日は、養父雪斎に年始のあいさつに来たお琴に、返礼の品である反物《たんもの》を持ってきていたのだ。

夕餉を共にすることになったのだが、権八から左近が甲州様かもしれぬと聞かされ、そのようなことがあるものかと、否定していた。

むろん、左近は泰徳と、新見家の息子として知り合っており、泰徳が左近の本来の身分など知るはずもない。

皆が否定しても、権八は怯《おび》えた顔を左近に向けている。

「おい左近、権八はおぬしが根津の甲府藩邸に入るのを見たと言っているが、まことか」

泰徳に訊かれて、左近は首を横に振った。

「まさかな、見間違いだ」

「それみなよ、お前さん」

およねが言ったが、権八はまだ信じていない。

「そそ、それなら、証拠を見しておくんなさい」

「証拠？」

「へい。甲州様は、大怪我《おおけが》をなされていた。甲州様でないなら、傷痕《きずあと》がないはず。あれば、甲州様だ」

泰徳が左近を見た。

「左近、裸になれとよ」

「よしてくれ。ここで脱げるか」

左近が拒《こば》むと、権八が疑いの目を向ける。

「ほらみろ。やっぱり、甲州様だ」

「いい加減にしなよ、お前さん。左近様は浪人だけどお武家様だよ。嘘をついてるだなんて言ったら、失礼じゃないか」

しつこい権八に呆れたおよねがたしなめても、権八は引かない。

「おめえは黙ってろい」

「黙れとはなんだい」

「はいはい。喧嘩《けんか》はやめてちょうだい、二人とも。今日は楽しくやりましょうよ」

お琴があいだに入り、夫婦喧嘩を止めた。

「そうだよ、お前さん。せっかく左近様が来られたんだからさ、変なこと言うのはよしとくれよ」

権八は口を尖《とが》らせて、

「おりゃあ別に、旦那がどなた様であろうと構やしねえ。ただ、嘘はいやだと思っただけだ」

そう言うと、おとなしくなった。

何も言わぬ左近に、泰徳が探るような目を向けている。

「およねさん、お料理を運ぶの、手伝ってくださいな」

「あいよ」

今日は鮟鱇鍋《あんこうなべ》だとお琴が言って、台所に立った。

権八の追及はそこまでで、本船町《ほんふなちょう》の魚屋徳平《とくへい》特製の味噌《みそ》を入れた鮟鱇鍋と酒に気分をよくすると、他愛のない話をしながら夕餉をとり、左近にも、以前と変わらぬ態度で接した。

左近と泰徳も、久々に酒を酌《く》み交《か》わしながら、権八の世間話を楽しんでいる。

お琴とおよねは、左近のいつもと変わらぬ様子に安堵《あんど》したらしく、二人で目顔を交わしてくすりと笑い、男たちの様子を見守っていた。

一刻半（約三時間）ほどで夕餉の会はお開きとなり、酔い潰れて眠る権八と泰徳を置いて、左近はお琴の家を辞去《じきょ》することにした。

左近が部屋を出ると、泰徳は寝返りを打って目を開け、天井を見つめた。


「今日は、久々に楽しかった」

左近が言い、送りに出たお琴からちょうちんを受け取って背を返すと、

「次は、いつお会いできますか」

お琴の声が、切なそうに聞こえた。

立ち止まった左近は、

「近いうちに、また」

そう応《こた》え、帰途についた。

ほんとうは、すべてを打ち明けて、根津の屋敷に来てくれと言いたかった。権八に追及された時、胸の傷を見せるまでもなく、ほんとうのことを告げようかと喉《のど》まで出ていたのだが、慌《あわ》てて言葉を呑み込んだのだ。

自分が甲府藩主だと知ったら、お琴はなんと言うだろう。騙《だま》されたと思い、軽《けい》蔑《べつ》するだろうか。

たとえ許してくれたにしても、商《あきな》いを楽しむお琴の様子からして、藩邸に入ってくれと頼んで、応じてくれるとは思えない。

ならば、東洋が言うように、このまま黙っていたほうが、お琴と離れずにすむのではないか。そんなことが、ぐるぐると頭の中を回る。

しかし、いろんなことを考えながらも、己のこころの底にある気持ちは、はっきりわかっている。

お琴に嫌われるのが、恐ろしいのだ。

それゆえ、いろいろと悩み、近頃は、夜も眠れぬし、飯とて喉を通らぬ。

家老である義父《ちち》の正信に、この胸の中をのぞかれてしまえば、

「一国のあるじたるものが情けなや」

こう申すであろう。

お琴のことを想っても、抗《あらが》うことが許されぬ立場ゆえに、ふと、別のところに思いを馳《は》せてしまう。

左近は胸が締めつけられるような気分になり、きつく目を閉じて足を速めた。

気づけば谷中に戻っており、ぼろ屋敷の門はすぐそこだ。

左近は、門の前で足を止め、背後に気を配った。

「飲みなおそうか、泰徳」

背を向けたまま言うと、足音が近づいてきた。

「なんだ、気づかれておったか。おれも、修行が足りぬな」

岩城泰徳が、苦笑しながら歩み寄った。

三

囲炉裏《いろり》にかけた鍋の中で湯が温まり、湯気が上がっている。

頃合いを見て左近がちろりを取り出し、泰徳に注ぎ口を向けた。

湯呑《ゆの》みを差し出した泰徳は、黙って酌《しゃく》を受けた。ちろりを左近から奪い取るようにして酌を返すと、湯呑みを軽く掲《かか》げてみせ、口に含んだ。

「これはよい酒だな」

「うむ」

左近も一口含み、囲炉裏の薪《まき》をつついた。鍋の底を舐めている炎に混じって、火の粉《こ》が上がっていく。

屋敷に戻って交わした言葉は、この二言《ふたこと》だけだ。

左近は、泰徳が己の正体を暴《あば》くために追ってきたのだと思い、何か訊いてくるのを待っている。

泰徳は何か言いたそうにするのだが、左近が硬い表情をしているため、言い出す機をうかがっている。

すでに半刻《はんとき》(約一時間)が過ぎただろうか、外は夜も深まり、町では木戸が閉まる刻限だ。

「もう遅い。今日は泊まっていけ」

「うむ」

これをきっかけに、泰徳が湯呑みを置いた。

「なあ、左近」

「うむ？」

「おれには、正直に話してくれぬか」

「…………」

左近は返答に困り、ゆるりと湯呑みを口に運び、酒を含んだ。

「お琴の気持ちは、わかっているのだろう」

左近は、黙って湯呑みを置いた。

「このままでは、お琴が不憫《ふびん》だ。そう思わぬか」

確かに、泰徳の言うとおりだ。

左近は、無言のままうなずいた。

「そうか、おぬしもそう思うか。だったら、嫁にしてやってくれ」

「ええ？」

「次に会《お》うた時は、このことを言おうと決めていたのだ」

「いや、しかし……」

「お峰に遠慮する気持ちはわかる。だが、お峰はこの世におらぬし、相手がお琴なら文句も言わぬはずだ」

泰徳の言葉を想像もしていなかった左近は、呆気《あっけ》にとられた。

「嫌いか、お琴が」

「い、いや」

「自分の気持ちに正直になれ。どうだ、妹を嫁にしてくれぬか」

押し切られそうになり、左近は後ろに下がって居住まいを正した。

「すまぬ、泰徳」

「もらえぬと申すか」

「おぬしに、言っておくことがある」

「聞かぬ」

――この男は、秘密に気づいている。

左近はそう思った。

「泰徳、おれは……」

「言うな、左近」

泰徳は背を向けた。

左近はその背中に向かって、

「権八が申したことは、嘘ではない」

ついに、真実を告げた。

「知らぬ」

泰徳は大声で突っぱねた。膝の上で袴をにぎりしめる手が震えている。

左近は頭を下げた。

「おれのほんとうの名は、徳川綱豊《とくがわつなとよ》だ。これまで騙していて、すまぬ」

泰徳は背を返し、怒った顔を左近に向けると、ついに言いよったとばかりに顔を横に背《そむ》けて嘆息《たんそく》を漏らした。

左近は両手を床についた。

「泰徳、皆にはこのこと、黙っておいてくれ。そしてこれまでどおり、友でいてもらいたい」

「おれは道場主だ。徳川の禄《ろく》を食《は》んではおらぬゆえ、お前が誰であろうと関わりはない」

「では……」

「しかし気に入らぬ。お琴のことだ。身分が違うので、嫁にできぬのか」

「いや、それは違う」

「ならば嫁にしろ」

「したくとも、できぬのだ」

「うむ？　何ゆえだ」

「おれには、すでに定められた相手がいる」

「何！」

泰徳が目を丸くした。

「つまりそれは、正室、ということか」

左近はうなずいた。

「断れぬのか」

「断れぬ」

婚礼は家と家の結びつきだ。まして、徳川親藩《しんぱん》ともなれば、当人同士の意思が反映されることなどまずない。

左近とてそれは同じであり、公儀が定めた相手と縁を結ばなくてはならない。

左近の縁談が持ち上がったのは数年前であるが、将軍の世継ぎが定まらぬこともあり、先方の家が渋っていた。

一説では、武家と縁を結ぶは禁忌《きんき》だとの理由で、縁談を承諾しなかったらしい。

実際、某家の姫は、左近との縁談の前に、水戸《みと》藩主徳川光圀《みつくに》の養子である綱條《つなえだ》との縁談が持ち上がったのだが、某家のあるじはこれを断っている。

しかし、左近は将軍の甥であり、幕府からの正式な申し入れとあっては、某家のあるじもこたびばかりは断ることができず、姫を嫁《とつ》がせることを承諾したのだ。

「では、側室にもろうてくれ……と言いたいところだが、みすみす苦労はさせとうない」

「すまぬ」

左近が頭を下げると、泰徳は、やりきれぬ様子でため息をついた。

「お琴には、もう会わぬつもりなのか」

「今のままでは、都合がよすぎよう」

「当たり前だ。このままでは、お琴がいかず後家になってしまうわ」

泰徳は酒を飲み干し、袖《そで》で口を拭《ぬぐ》った。目を合わせようとせず、顔は怒っている。

「かと申して、おれが二人を引き離すことはできぬ」

泰徳は荒々しく湯呑みを置くと、刀をにぎって立ち上がった。

表に新見正信の声がしたのは、その時であった。

「殿、おられるか。一大事にござる！」

騒がしく居間に来ると、泰徳がいることに気づいて、ぎょっとした。

「やっ、これは――」

殿、と言ったことがまずかったとばかりに、正信は動揺の色が隠せない。

「新見の親父殿、ご案じめさるな。たった今、綱豊殿の秘密を聞いたところです」

「つ、つな――」

正信が口を開けたまま、二人を交互に見た。

「下手《へた》な芝居に、父上もそれがしも、まんまと騙されました。まったく、人が悪いにもほどがありますぞ」

泰徳が豪快に言い放ち、帰るのをやめて左近の前に座りなおした。

「遠慮なさらず、一大事とやらを言いなされ」

「いや、しかしこれは……」

「左近。先ほどおぬしは、これまでどおり友でいてくれと申したな」

泰徳が正信の言葉を遮《さえぎ》り、左近に迫った。

左近がうなずくと、

「ならば、一大事とやらを聞かせてもらおうか。友なら、否《いな》とは申すまい」

「よかろう」

「殿、これは藩の一大事にござるぞ」

「構わぬ、申せ」

左近が泰徳の目を見据《みす》えたまま、正信に命じた。

鼻を鳴らして座った正信が、懐《ふところ》から一通の書状を出し、左近に渡した。

「国許《くにもと》からの訴状にござる」

これには、泰徳がうろたえた。

「親父殿、婚儀のことではござらぬのか」

「婚儀？　はて、誰のことじゃ」

「いや、左近の……」

「殿から聞かれたか」

「お上が定めた相手がいると」

「さよう。すでに決まっておる」

正信がこともなげに言い、左近に顔を向けた。

「それどころではござらぬぞ、殿」

早く読めと催促《さいそく》され、左近は書状を開いた。

紛《まぎ》れもない訴状であることに動揺した左近は、国許で難事に遭《あ》っている民のことを思い、表情を曇らせた。

「殿」

正信が判断を迫った。

「正信」

「はは」

「おれは甲府へゆく」

「は？　あいや、しばし、しばしお待ちを」

「なぜ止める」

「殿自ら動けば、ことの次第がご公儀の耳に入ります。ここはこらえて、国許の者に仕置きをお命じくだされ」

「こうしているあいだにも、民は苦しんでいるのだ。急ぎ屋敷へ戻り、旅の支度をする」

「殿」

「案ずるな。徳川綱豊ではなく、新見左近としてまいる。それならよかろう」

「なりませぬ。ご公儀に届けなしで国許に入れば、謀反《むほん》の疑いがかけられますぞ」

「無断で行きはせぬ。上様には正直に話し、許しをいただく」

「それでは、ご公儀に……」

「民のためだと申せば、上様とて反対はされぬし、咎《とが》められもすまい」

「まことでしょうな」

「許しが出なければ、また病気になって屋敷に籠もるまで」

左近が含み笑いをすると、正信も怪《あや》しげな笑みを見せた。

「ではそれがしも、隠居の浪人として、倅《せがれ》についていきますぞ」

「浪人に隠居はあるまい」

「あっ」

正信は手で口を塞《ふさ》いだ。

「泰徳、おれは明日の登城に備えて藩邸に戻るが、遠慮せず泊まっていってくれ」

「待て」

根津の上屋敷に帰ろうとする二人を、泰徳が止めた。

「お忍びで甲府へ行くとなると、家来を大勢連れては行けまい」

左近は、正信と家臣の吉田小五郎《よしだこごろう》を供に考えている。

「二人、連れていく」

「ならば、おれも連れていけ」

「な、何を申すか。遊びに行くのではないのだぞ」

正信が驚いて拒否したが、泰徳は左近を見据えたまま言った。

「友と思うなら、手助けをさせろ」

町の夜廻りをするほどの男だ。民が苦しんでいると聞き、正義感に火がついたに違いない。泰徳はそういう男だ。

「道場はどうする」

「道場は師範代がおるし、父もおる。連れていかねば、お琴に秘密をばらすぞ」

そう言われては、左近にはどうにもならぬ。

「厳しい旅だ。命を落とすやもしれぬぞ」

「もとより覚悟のうえだ」

「では、まいれ」

「殿」

「よい。泰徳の道中手形は、こちらで用意せよ」

「は、ははあ」

いつになく厳しい態度の左近に、正信は素直に応じた。

旅の支度を整え次第、藩邸にまいれ、と泰徳に言い、左近は正信と共に帰っていった。

四

徳川綱豊に訴状を届けたのは、上岩森村《かみいわもりむら》の長百姓《おとなびやくしよう》の伊左衛門《いざえもん》だ。

伊左衛門は訴状を持って、密《ひそ》かに村を抜け出した。

役人の厳しい目を逃れながら険しい山と谷を越え、食う物も食わず、昼夜歩き続けて江戸に辿《たど》り着いたのだが、藩邸の門番に訴状を預けると力尽き、間もなく息絶《いきた》えた。

家老である新見正信が訴状を受け取り、藩主である綱豊の手に渡ったのであるが、こうしているあいだにも、村では深刻な事態が生じていた。

そもそもの発端《ほったん》は、村の代官《だいかん》にある。

去年の秋、金色《こんじき》の穂をつけた田圃《たんぼ》では、村人たちが豊作を信じ、刈り入れを心待ちにしていた。

そんなある日、村の代官、藤川信実《ふじかわのぶざね》が家来を引き連れて村に入り、村長《むらおさ》である耕右衛門《こうえもん》の家を訪れた。

槍《やり》と長持《ながもち》を持った家来を引き連れ、紫の馬飾りを着けた黒馬にまたがる藤川の姿を遠目に見ながら、村人たちは表情を曇らせ、何ごとかささやきながら、不安に駆られていた。

出迎えた耕右衛門は、わずか二十石取りの徒《かち》にしては備えが見事な藤川に対し、あからさまに不快そうな目を向けたが、それは一瞬のことで、

「ようこそ、おいでなさいませ」

藩主でも迎えたかのごとく、丁重《ていちょう》に扱った。この代官に目をつけられたら最後、ひどい目に遭わされるからである。

頭を下げる耕右衛門の前に降り立った藤川は、口をへの字に結び、狡猾《こうかつ》そうな顔で、己を出迎えている者を見回した。

村長の家には、老妻と年老《お》いた下男が一人と、女中奉公に来ている村の娘がいる。

まだ年端《としは》もゆかぬ娘に舌打ちをした藤川は、耕右衛門を鋭い目つきで見下ろした。

「耕右衛門」

「はは」

「今日よりしばし逗留《とうりゅう》いたす」

「はい」

「今年は、例年より米がよう穫《と》れそうじゃのう」

「これも、お代官様のおかげでございます」

「うむ。そこでな、耕右衛門」

「はい」

藤川は唇《くちびる》を舐めた。

「ここへ来るまでに見た限りでは、年貢を七割にしても障《さわ》りはあるまいと思うが、どうじゃ」

「なんと申されます」

耕右衛門は思わず顔を上げ、驚愕《きようがく》の眼差しを向けた。

藤川は、家来に陣笠《じんがさ》と鞭《むち》を渡すと、

「今年の年貢は七割じゃ。しかと心得よ」

絶句する耕右衛門の肩をたたき、薄笑いを浮かべて家の中に入った。

「お、お待ちを。それでは、村人が飢《う》え死《じ》にしてしまいます」

追って中に入ろうとした耕右衛門の前に、家来が立ちはだかった。

「逆らうことまかりならぬ。さっさと酒宴の支度をさせい」

落ち着きはらった声音《こわね》で命じる側近の侍は、底知れぬ恐ろしさを秘めた目をした男だ。耕右衛門は、代官の藤川よりむしろ、この男のほうを恐れている。

目の前に立たれただけで、蛇《へび》に睨《にら》まれた蛙《かえる》のように身動きができなくなり、額《ひたい》からは汗が噴き出てくる。

何も言い返すことができずに首《こうべ》を垂れている耕右衛門の肩に、馬の鞭が当てられた。

「殿は腹を空かせておられる。支度を急げ」

命じて家の中に入った侍の名は、内山瑛真《うちやまえいしん》。

代々藤川家に仕《つか》える甲斐《かい》の武士であるが、武田《たけだ》家が治《おさ》めていた頃にはそれなりに名を馳せた家柄らしい。

遣《つか》う剣も、江戸で主流の剣術にくらべると荒々しく、岩城泰徳が遣う甲斐無限流のごとく、戦場《いくさば》で闘うために編《あ》み出された剣術であった。

村人たちも、藤川よりむしろ、随行《ずいこう》してくる内山と、その家来どもに恐れをなし、重税に苦しみながらも従っているのだ。

藤川と内山は、女中のおすずに足を洗わせ、座敷に上がった。

供の家来五人が、馬の世話をすませて裏口から別室に入ると、耕右衛門の老妻が白湯《さゆ》を出した。

そのうちにも、声をかけられた村のおなご衆が集まってきて、大急ぎで夕餉の支度をはじめた。

若い娘は一人もいない。

皆亭主持ちばかりが集められ、酒肴《しゅこう》の支度を整え、膳《ぜん》を運ぶ。

毎年のように若い娘が手をつけられるので、

――亭主持ちの年増ならば、代官もおとなしくしておろう。

と、耕右衛門が配慮してのことであったが、これがいけなかった。

代官の酒が進み、夜も更《ふ》けた頃、酒のおかわりを運んでいったおひさという女房が、代官の目にとまったのである。

おひさは二人の幼子《おさなご》の母であったが、三十を過ぎたばかりの女ざかりで、百姓の女房にしては肌の色も白く、目鼻立ちもよい。

控えめな女房だが、そこが藤川の好みらしく、酌を求め、おひさが応じるや手を引っ張り、

「まいれ」

必死にいやがるのを引きずって隣の部屋に押し込み、我が物としたのである。

それでも、いつもならば翌朝には返すのだが、女ざかりの凝脂《ぎょうし》を味わった藤川は、おひさを何日もとどめた。

幼子を二人抱えた亭主は、代官がいる村長の家を恨《うら》めしく眺《なが》めながら、帰ってこない女房を待ち続けた。

だが、村長の家から帰ってきた女房に話を聞いた村の男が、

「おひささん、案外楽しんでいなさるようだ」

と、こころない言葉を投げかけた。

これに怒ったおひさの亭主が、堰《せき》が切れたように、我を失った。

自ら幼子を手にかけ、下男に化けて村長の屋敷に忍び込むと、代官が外出している隙《すき》に座敷へ上がり、斧《おの》で女房を打ち殺し、自らも首を切ってしまったのだ。

この一件に腹を立てた長百姓の伊左衛門が、藤川が村を去るのを待って、郡《こおり》奉行《ぶぎょう》に訴えようと、村長に話を持ちかけた。

一揆《いっき》を恐れた村長の耕右衛門は、伊左衛門の意見に従い、藤川の暴虐《ぼうぎゃく》ぶりを郡奉行に訴えるべく、一人で村を出て、甲府城下を目指した。

ところが、村を見張っていた藤川の手の者に捕らえられ、代官所の牢に入れられた耕右衛門は、拷問《ごうもん》にかけられた。

直訴《じきそ》に関わった村人の名を吐けと執拗《しつよう》に責め立てられたが、おひさの一家を破滅に追いやったことを恨みに思っていた耕右衛門は、頑として口を割らない。

ことの発覚を恐れた藤川は、内山に命じて、耕右衛門の老妻のみならず、下男と女中のおすずも捕らえ、罪なき罪を着せてさらし者にしたあげく、全員を磔《はりつけ》に処した。

郡奉行と藤川が通じていると思い込んだ伊左衛門は、密かに仲間を募《つの》り、——残す手は、綱豊様に訴えるしかない。

そう決断し、春になるのを待って、江戸に旅立ったのである。

五

左近は訴状を受け取った翌日に登城し、将軍綱吉に人払いを願うと、ことの次第を正直に告げ、甲府入りの許しを求めた。

綱吉は初め、左近が自ら仕置きすることを渋ったが、

「そちのことじゃ。止めてもおとなしくしてはおるまい」

左近が密かに江戸を抜け出すことを見抜き、お国入りを許可した。

将軍のお墨付《すみつ》きを頂戴《ちょうだい》した左近は、翌日の深夜に江戸を発《た》ち、五日目の昼頃

になって、上岩森村の近くまで辿り着いた。

甲州街道をまともに進めば三泊四日で行ける道のりだが、関所を通って国許の家臣に知られるのを恐れた左近は、供をした吉田小五郎に抜け道を案内させ、険しい道を選んだ。

親藩ゆえ参勤交代《さんきんこうたい》を免除されている左近は、根津の上屋敷に引き取られて以来、国許に入ったことがない。ゆえに、国家老たちは油断し、監督の目が隅々まで行き届いていないと見える。

こたびの訴状でそのことを思い知った左近は、浪人として密かに国へ入り、上岩森村のみならず、国許の現状を見極めようと考えているのだ。

険しい坂道をのぼっていると、小五郎が急に立ち止まった。

「いかがしたのじゃ、小五郎」

左近の前を歩いていた正信が、小五郎に訊いた。

「この山をくだったところが、上岩森村にございます」

山深いため、眼下に村は見えぬが、そう遠くはないと言う。

「おお、そうかそうか」

正信は、やれやれといった具合に汗を拭い、腰を伸ばした。

「少し探りを入れてきますので、ここでお休みください」

旅の行商《ぎょうしょう》に化けている小五郎が軽く頭を下げ、笹《ささ》に挟まれた獣道《けものみち》を駆けくだっていった。

「殿、そういうことですので、少し休みましょう」

「うむ」

左近が振り返ると、後ろを歩いていた泰徳が承知したとうなずき、竹筒《たけづつ》の水を口に含んだ。

三人とも無紋《むもん》の羽織に野袴《のばかま》を着け、ほつれが目立つ編笠《あみがさ》を被《かぶ》り、背中にはわずかな荷を包んだ打飼《うちがい》を斜めにかけている。

「こうして見ると、どこから見ても立派な旅の浪人ですな」

正信が改めて言った。

「三人が肩を並べて江戸市中を歩んでいれば、用心棒か盗賊の仲間に誘われそうですよ」

泰徳が、わざと袴を破り、適当に当て布をして縫い合わせたところを触りながら応えた。

「この先に鬼が出るか蛇《じゃ》が出るか、久々に腕が鳴りますな」

言った正信が、悪党退治に張り切って右腕を回しているが、筋が硬くなっているらしく、動きがどことなくぎこちない。

程なく小五郎が戻り、村には役人らしき者の姿がないと言うので、左近たちは案内に従い、道なき山をくだった。

麓《ふもと》まで下りると、四方を山に囲まれた上岩森村が見えてきた。

棚田《たなだ》もあり、畑もある豊かな村のようだが、冷えるせいか村人の姿は外になく、藁葺《わらぶ》き屋根の粗末な家が点在する、寂しげな村であった。

谷間を吹き抜ける風のせいか、江戸よりはずいぶん寒い。

村人は家の中にいるらしく、藁葺き屋根のてっぺんから細々《ほそぼそ》と出る白い煙が風に流れていた。

「まずは、代官に処刑された村長の屋敷へ行ってみるか」

村が見渡せる場所にいる左近は、敷地の中に離れ家がある家がそうではないかと指差し、小五郎に案内させた。

畑の中の道をくだり、田圃に囲まれた屋敷に向かう。近くで見ると意外に大きいその屋敷は、誰も住んでいないらしく、表から訪《おとな》いを入れても返事がなかった。

他を当たってみようということになり、四人は敷地から出て、あたりを見回した。

「殿、煙が出ている家に行ってみましょうぞ」

正信の申し出に応じて、近くの家を訪ねることにした。

隣村にある代官屋敷の様子を探ると言う小五郎とここで別れ、三人で百姓家を訪ねると、中年の男が顔をのぞかせた。

粗末な身なりをした侍が突然現れたせいか、男は怯えた様子で三人を見ている。

「我ら旅をしている者だが」

と、泰徳が打ち合わせどおりの嘘をついた。

「山深い道の途中で迷うてしもうてな。近くに旅籠《はたご》はないか」

さも困ったように言うと、男が首をかしげた。

「お前様たちは、どこから来なすったかね」

「江戸だ」

「江戸……」

男はすがるような、なんとも言えぬ顔で泰徳を見たが、

「旅籠は、ご城下まで行かねば、ねえずらよ」

素っ気なく言い、戸を閉めようとした。

「待て、待ってくれ」

泰徳が慌てて引き止めた。

「何かね」

「城下へは、遠いのか」

「はて、おら行ったことねえから、わからね」

「誰か知っている者はおらぬか」

そう訊くと、男の顔が曇った。

「前はいたが、今はいね」

「やれやれ」

正信が嘆息し、腰が痛いと言って顔をしかめた。

「すまぬが、少し休ませてくれぬか」

泰徳が言うと、

「病人がいるからよ。すまねえな」

男は申しわけなさそうに断ると、戸を閉めた。

慌てたような態度に何かあると思った左近たちは、顔を見合わせて、他を調べるべく、村の中を歩いてみることにした。

どの家の者も、左近たちの顔を見るなり目をそらし、迷惑そうに戸を閉ざしてしまう。

中には、姿を見ただけで家の中に逃げ込み、息を潜《ひそ》める者もいた。

「助けに来たと申すに、これでは話も聞けぬ」

泰徳が不服そうに口を尖らせる。

「いったい、どうしたのでしょうな」

戸を固く閉ざされ、正信が言った。

「こうなったら殿、訴状を持って代官屋敷に乗り込みますか」

左近は首を横に振った。

「それならば、来た意味がない。まずはこの村にとどまり、この目で領民の暮らしぶりを見たい」

「はは。では、空き家となっております村長の家を使いましょう」

正信の提案に、泰徳が案じ顔で応える。

「それでは、代官が何か言ってくるのではないですか。食べる物もないでしょうし……」

「泰徳の申すとおりだ。どこかの家で泊めてもらうのが、一番なのだが」

「では、今少し歩いてみますかな」

そう言って歩き出した正信に続き、左近と泰徳も歩を進めた。

次の家に向かうべく、山裾《やますそ》の細道を歩いている時のことだ。右手の斜面の笹の葉が、がさがさと葉音を立てて揺れた。

何か獣が出てくるのかと思いつつ、左近はふと、狩場で曲者に襲われたことを思い出して身構えた。

泰徳が警戒し、刀の柄袋《つかぶくろ》をはずして手をかけている。

「殿、油断めさるな」

正信が、左近を守るように前に出ると、揺れ動く笹を睨みつけた。

ふと揺れが止まったかと思ったその時、黒い影が頭を出した。

よく見れば獣ではなく、人である。それも、髪の長い女だ。

こちらに背を向け、山の斜面を見上げている。

「なんじゃ、人か」

正信が言うと、その声に女が驚いて振り向き、目を見開いたかと思うや、なんと弓を引いて狙いをつけた。

「待て！」

「早まるな！」

泰徳と正信が同時に叫び、左近の前を塞いだ。

斜面の樹木のあいだから鳥が舞い上がり、羽音をさせて鈍色《にびいろ》の空に飛び去った。

女は左近たちを睨みながら弓を下ろすと、ちっ、と舌打ちした。

「今、舌打ちしたな」

泰徳が小声で言うと、左近がうなずいた。

「おい、おさよ、何をしている。せっかくの獲物が逃げたじゃないか」

斜面の奥から男の声がした。

「邪魔が入ったんだよ」

おさよと呼ばれた女が言うと、男が木のあいだから滑り下りてきた。

「邪魔だと？」

「ああ」

おさよが顎《あご》を振って左近たちのことを示すと、男が首を伸ばすようにして見てきた。

「誰だ、てめえら。ここで何してる」

二人ともぼろをまとい、獣の毛皮を肩にかけ、まるで山賊のような格好をしている。

泰徳が、旅の浪人だと答えた。

「道に迷って難儀しているのだが、村の者からは相手にされず、一夜の宿を求めて歩いていたのだ」

「ふぅん」

と答えた男が、指の先で鼻の頭をかいた。

「村の連中が人を泊めるものか。てめぇが食うのにやっとだからよ」

「飢饉《ききん》でもあったのか」

左近はあえて訊いてみた。すると、男がおもしろくなさそうに鼻息を荒くした。

「飢饉のほうがまだましだ。この村にはな、疫病神《やくびょうがみ》が取り憑《つ》いているのよ」

「疫病神？」

「悪いことは言わねえ。明るいうちに村を出ることだ」

男は言うと、

「おっ」

声を呑み込み、目を山の斜面に向けた。獲物を見つけたらしく、おさよの肩をたたき、指差している。

笹の葉が、がさがさと音を立てて揺れた。

今度は、人ではない。何か獣がいるらしく、おさよは弓に矢を番《つが》え、静かに引いた。

その横で、男も弓を引き、揺れる笹に狙いをつける。

その刹那《せつな》、笹から黒い影が飛び出し、こちらに向かってきた。

「猪《いのしし》だ！」

男が叫び、二人同時に矢を放った。

一本ははずれ、一本は背中に刺さったが、猪は止まるどころか、まっすぐ猛進してくる。

盛り上がった背中が人の胸ほどもあろうかという大物だ。このような猪に体当たりされたら、ひとたまりもない。

男は咄嗟に、おさよを突き飛ばした。己も逃げようとしたが、間に合わぬと思ったか、その場で身構えた。

男の横をすり抜けるように前に出たのは、泰徳だ。

猛進してくる猪の牙《きば》をまともに受けたと思ったその時、さっと身を転じてかわし、

「えい！」

気合と共に居合抜《いあいぬ》きにした太刀《たち》を首に打ち下ろすと、一刀のもとに猪を倒した。

まさに、戦国の剛剣。

泰徳は目を伏せ気味にして懐紙《かいし》で太刀を拭い、静かに納刀《のうとう》した。

あんぐりと口を開けた男が、

「と、泊まってけ」

呆然《ぼうぜん》としながら言った。

六

猪のおかげで思わぬ宿を得た左近たちは、村から山道をのぼったところにある男の家に招かれた。

竹藪《たけやぶ》を背にした家の横には、立派な杉の木が聳《そび》え立っている。

家の前には鶏《にわとり》が放し飼いにされ、小さな畑があり、土から顔を出した大根

は、食べ頃を迎えているようだ。

家は小さくて粗末だったが、夫婦二人が暮らすのに、不自由はなさそうに思えた。

「さ、入ってくれ」

亭主が戸を開けて、中に招いた。

台所を兼ねた広い土間の横に座敷があり、囲炉裏の周りには、鹿《しか》の毛皮が敷かれて温かそうだ。奥にも一部屋あるらしい。

「猪をさばいてくる。ゆっくり休んでろ」

口は悪いが、心根はよさそうに見える亭主は、熊三郎《くまさぶろう》と名乗った。

女房のおさよがくすりと笑いながら告げる。

「ほんとうの名は、三郎《さぶろう》だけどな」

熊を仕留めることを夢見るあまり、名前の初めに熊をつけたらしい。

元は信濃《しなの》の猟師だと言う二人は、共に三十を過ぎたばかりだという。女房は、顔が日に焼けて浅黒くなり、土で汚れていても、まったく気にならぬ様子だ。

五年前にこの空き家に移り住んだ頃から、共に狩りをして、女だてらに猪や鹿を狙い、肉や毛皮を売った金を暮らしの糧《かて》としている。貧しいながらも少しずつ金を貯めて、いずれ熊を仕留める鉄砲を買うのが、夫婦の夢だと語った。

「熊《くま》の胆《い》は身体によいからな。高く売れる」

おさよから話を聞いてそう言った正信は、藩御用達《ごようたし》の薬種屋《やくしゅや》から熊の胆を買い、日頃から飲んでいる。そのため、熊を狙うことはよいことだと喜んだ。

国許に熊猟師が増えれば、藩の財政も潤《うるお》うと思ったかどうかはわからぬが、顔をほころばせている。

おさよが、囲炉裏の火にかけた鍋で湯を沸《わ》かした。

左近は火に当たって身体を温めながら、おさよと正信が話すことを聞いていた。

そのうち、熊三郎が外から入ってくると、鍋の中に切った大根を無造作《むぞうさ》に入れて、味噌と塩で味を調《ととの》え、薄く切った猪の肉を入れた。

肉が煮えるあいだに、竹串《たけぐし》に刺した切り身を囲炉裏の灰に突き立てて、炙《あぶ》り焼きにする。

うまい具合に焼けてきたところで、肉汁がしたたる肉に塩を少し振りかけ、皆に振る舞ってくれた。

初めて猪の肉を食べた左近は、目を丸くした。

獣の臭《くさ》みはまったくなく、嚙《か》めば嚙むほど味が出てくる。

「どうだ。旨《うま》いか」

「旨い。このような物、初めてだ」

左近が言うと、熊三郎は満足そうにうなずいた。

「この人のおかげだ」

熊三郎が泰徳を顎で示し、

「しかし、刀で一撃で倒すとは、たいしたもんだ」

と、感心したように言う。

うんうん、とうなずく女房のおさよが泰徳に向ける目は、初めて会った時に見せたものとはずいぶん違っている。

「旅の浪人にしておくのはもったいねえな。江戸に行って、甲州様の家来にしてもらったらどうかね」

などと言ったものだから、正信が肉を喉に詰まらせた。

「あれぇ、何か変なこと言っただか。ほれ」

おさよが背中をたたくと、正信の口から肉が飛び出し、囲炉裏の火に入った。

「ああ、死ぬるかと思うた」

「年寄りには大きすぎたかね」

火の中の肉を見て、おさよがなんでもなさそうに言う。

「あんたら、旅の浪人と言ったな」

「さよう」

熊三郎の言葉に、正信が応えた。

「どこまで行く」

「あてのない旅じゃ」

「武者修行にしては、年を取りすぎだろう」

熊三郎が言った。

「二人して、年寄り年寄りと申すな」

正信は不機嫌そうに白髪の鬢《びん》をなでた。

おさよが笑いながら鍋の蓋《ふた》を取り、お椀《わん》に肉と大根をたっぷりよそうと、まず泰徳に渡した。

続いて正信に差し出すと、正信はちらりと左近を見て、

「あ、ああ、すまぬ」

咳払《せきばら》いをしながら、遠慮がちに受け取った。

最後に左近だが、おさよはお椀を渡したあとも、下からのぞき込むようにして、じっと左近の顔を見ている。

「うむ？」

箸《はし》をつけようとした左近が訊く顔を向けると、

「お前さん、おとなしいね」

とおさよが言う。

左近が黙っていると、

「そういえば聞いてなかったけど、あんたらどこから来ただ？」

「江戸だ」

左近は答えると、大根を口に入れた。

肉と味噌の味が染み込んでいる。

「旨い」

左近が言ったが、おさよはまだ見ている。

「何か、顔についておるか」

「よく見ると、高貴な顔をしているな。さては……」

何かに気づいたように言い、目を輝かせた。

正信と泰徳が、不安そうな顔を向ける。

おさよは左近に顔を近づけ、

「どこぞの殿様の、ご落胤《らくいん》かね」

楽しそうに言った。

「おお、そう見えるか」

正信が身を乗り出して口を挟んだ。

おさよが見えるとうなずくと、正信は誇《ほこ》らしげな顔になり、

「では、わしも殿様に見えるか。どうじゃ、見えよう」

しつこく訊くので、

「何言ってるんだい」

おさよがいやそうな顔をした。

「これはな、わしの倅じゃ」

「げえっ」

おさよは驚き、正信と左近を交互に見た。

血の繋《つな》がりはないが、幼い頃は新見家の子として育てられていたので、嘘ではない。

「とんだ見当違いだよう」

おさよが苦笑いをして、台所仕事に立った。

その背中を見送った左近が、熊三郎に顔を向けた。

「ご亭主」

「なんじゃ」

熊三郎は夢中で猪鍋《ししなべ》を食べている。

「麓の村は、暮らしぶりが辛《つら》そうに見えたが、いかがか」

「ひどいもんだ……」

熊三郎は、左近の顔を見もせずに言った。

「……汗水垂らして作った米は、役人にほとんど持っていかれちまうのよ」

「では、何を食べているのだ」

「自分の目で見てみな」

熊三郎は気分を悪くしたらしく、お椀と箸を荒々しく置いた。

「明日にでも、村に行ってみろ」

「あんた……」

おさよが、それを言うなという顔をしている。

「よほど、ひどいのだな」

「知らん」

熊三郎はそっぽを向いて、横になってしまった。

「この人が言ったことは忘れて、今夜はここで寝ろ。明日は、街道まで送ってやるから」

「飢え死にする者がおるのか」

「知らないよ」

おさよの顔には、よからぬことが起きていると書いてある。

左近が正信と泰徳を見ると、二人も察したらしく、無言でうなずいてみせた。

七

左近は、まんじりともしないで夜を過ごした。

朝になり、おさよが奥の部屋から起きてくると、

「寝ていないのか」

囲炉裏端に座る左近に言った。

その声で泰徳が目覚め、仰向《あおむ》けで寝ていた正信も目を開けて、天井を見上げた。

「おさよ殿、村の者に何か食べる物を持っていきたいのだが、昨日の猪肉《ししにく》を譲ってくれぬか」

左近は懐から五両を出し、おさよの前に差し出した。

「てっ！」

ぎょっとしたおさよが、小判だと叫んで左近に驚きの目を向けた。

程なく起きてきた熊三郎が、女房の膝下《ひざもと》の小判を見て、左近たちを見回した。

「お前さんたち、ただの浪人じゃねえな」

「何も訊かず、猪を譲ってくれ」

左近が言うと、

「譲るも何も、この人が仕留めた獲物だ」

熊三郎が泰徳を顎で示し、肉は全部持っていけと言って、小判を返した。

「では、宿代として受け取ってくれ」

左近がふたたび差し出すと、夫婦は顔を見合わせてうなずき、おさよが小判をにぎりしめた。

「これだけありゃ、鉄砲が買えるよ、あんた」

「おお」

「それは楽しみじゃな」

正信が言い、目を細めた。

朝の冷え込みが厳しい中、熊三郎夫婦の手を借りて、村に肉を運んだ。

村の家々はひっそりと静まり、まるで、人が住んでいないように見える。

空き家となっていた村長の屋敷へ入ると、火を焚《た》いて大鍋に湯を沸かした。

「村の皆に振る舞うのか」

熊三郎に訊かれて、左近はそうだと答えた。

「たったこれだけの肉じゃあ、腹の足しにならんぞ」

「汁だけでも、飲ませたい」

「なるほど。昨夜も、いい脂《あぶら》が出ておったからな」

正信が言うと、熊三郎たちも、左近が考えていることがわかったようだ。

皆が手分けして鍋や薪《たきぎ》を集め、炊《た》き出《だ》しの支度をした。

そのあいだに熊三郎が近くの家を訪れ、旨い汁を飲ませるからと言って、皆を集めるよう頼んだ。

やがて、話を聞いた村の者が、一人二人と顔を出し、百人近くの人が集まった。

野良着姿の村の衆は、男も女も、子供も老人も、皆痩《や》せ細っている。目の下のくまが目立ち、気力はなく、目は虚《うつ》ろだ。

その異様な光景に、左近は息を呑んだ。自分が治める国の民がこのような目に遭っていようとは、夢にも思わなかった。

己の不明を恥じ、民を苦しめる代官の所業が許せなかった。

「おお、いい汁ができたぞ。村の衆、器《うつわ》は持ってきたな。まずは子供からだ。順番を守れよ」

熊三郎が場を仕切り、皆で手分けして、村人に猪汁《ししじる》を配った。

わずかな肉しか入っていないが、村の衆は大いに喜び、手を合わせて泣く者もいた。

「熊三郎から、皆の衆が難儀していると聞いて来たのだが、普段は、何を食べておるのだ」

左近が村の男に訊くと、稗《ひえ》や粟《あわ》がわずかでもあればよいほうで、家によっては、草を茹《ゆ》でて食べているという。

代官の悪行も聞き、村長が捕らえられて処刑された経緯《いきさつ》も知った左近は、命を奪われた者の無念を思い、怒りと悲しみに身が震えた。

左近は、集まった村の者の中から、体格がいい若い男を選《よ》りすぐり、荷車を用意させた。

「左近、何をするつもりだ」

泰徳が訊いた。

「米を取りに行く」

「米？　どこへ」

「決まっておろう。代官所だ」

代官所に行くと聞いて、村の者が静まり返った。

「冗談じゃねえ。おら、ごめんだ」

「あんた、とんでもねえこと言うな。殺されに行くようなものだぞ」

左近が選んだ若者たちが口々に言う。

「大丈夫だ。この人がすごく強いから」

泰徳が猪を倒したことを、おさよが皆に説《と》いたが、

「馬鹿言うでね。相手は代官だ」

「お代官様だけじゃねぇ。内山様がいるずらよ。あの人を怒らせたら、村長みてぇに皆殺しにされちまうだよ」

「江戸に走った伊左衛門さんだって、きっと殺されてるよう」

口々に言い、代官所に行くことを拒んだ。

「どうなさるか……」

正信が村人を見回しながら、嘆息を漏らした。

「……我らだけで、まいりますかな」

「うむ。仕方あるまい」

左近が言い、泰徳に目配せして出かけようとした時、庭の外に人影が立った。

代官所を探りに行っていた小五郎が、人気《ひとけ》のない場所に、そっと目配せをする。

左近はうなずき、誘いに応じて庭の奥に行った。

「殿、村人に代官の間者《かんじゃ》が紛れております」

「何……」

「村の衆がこうして集まっていると聞き、代官が手勢を率《ひき》いて来ます。ここはひとまずお退《ひ》きください」

「いや、向こうから来るなら都合がよい」

「しかし、手勢が多うございます」

「構わぬ」

「大変だ！　大変だぞ！」

大声をあげながら、村の若い男が駆け込んできた。

「お代官が、役人を大勢連れてくるぞ」

「何しに来る。もう米は一粒もねぇだぞ」

「わからねえが、すぐそこまで来ている。こうして集まっているところを見られたら、一揆を疑われて何をされるかわからんぞ」

若者が言うと、にわかに騒然となった。

村人たちは皆、家に逃げ帰ろうとしたが、時すでに遅く、屋敷の垣根の外に馬の蹄《ひづめ》の音が響き、寄り棒を持った役人たちが屋敷の中に駆け込んできた。

村人を取り囲み、

「お代官様のおなりである。神妙にいたせ!」

村人を一所に集め、地べたに座らせた。

左近は片膝をつき、泰徳も正信も、それに従った。

程なく、紫の馬飾りを着けた黒馬にまたがる代官の藤川が、側近の侍と共に現れた。

陣笠の下に鋭い目を光らせ、平伏《へいふく》する村人を見くだし、次に左近たちを睨んだ。

「又造《またぞう》」

代官が名を呼ぶと、馬の後ろから一人の百姓が現れた。その男は、昨日、左近たちが最初に話した村の男だ。

「怪しい浪人は、あの者どもか」

鞭の先を左近に向けると、又造がうなずいた。

側近がすかさず耳打ちをしている。訴状が江戸に伝わったことを知っているなら、江戸屋敷か公儀から遣《つか》わされた者と疑うだろう。

耳打ちにうなずいた代官が、ふたたび鞭の先を左近に向けた。

「一揆を扇動《せんどう》する曲者じゃ。者ども、引っ捕らえよ！」

「はは！」

役人が左近の肩に手をかけた、その刹那。

腕をつかんでひねり、投げ飛ばした。

「おのれ！　逆らうか！」

役人が寄り棒を構えて左近たちを囲んだ。

左近が立ち上がると、泰徳と正信が背中を合わせて立ち、左近の背後を守る。

「何をしておる。捕らえよ」

代官が命じ、役人たちは捕縛《ほばく》にかかろうとしたが、左近が宝刀安綱を抜刀《ばっとう》すると、剣気に押されて足が止まった。

「藤川信実。この村のありさまはなんじゃ」

「むっ」

藤川が、左近の言葉にいぶかしげな顔をした。

「おのれは何者じゃ。名を名乗れ」

「悪党に名乗る義理はない」

「何ぃ」

歯をむき出しにする藤川の前に、内山瑛真が出た。

「さては、百姓の訴状を受けて来たか」

「だとすれば、いかがする」

左近が、内山に厳しい目を向けた。

内山は睨み返し、羽織を脱ぎ捨てた。

「訴状にしたためられた貴様らの悪行の数々は、村の民を見れば一目瞭然《いちもくりようぜん》。もはやこれまでと観念し、神妙にいたせ」

「なんと」

馬上の藤川は動揺した。

「江戸屋敷の者か」

「ご案じめさるな、お代官。それがしが闇に葬《ほうむ》ってくれましょう」

内山が抜刀した。

「者ども、こ奴らを始末せい」

藤川が命じると、寄り棒を持った役人たちが、じりじりと迫った。

「おい、村の衆。今こそ日頃の恨みを晴らす時だぞ」

熊三郎が叫んだ。

「殺された者の仇《かたき》を取れ」

言うなり、役人に飛びかかった。

村の若者たちがそれに続き、役人から寄り棒を奪うと、たちまち大騒ぎとなった。

多勢《たぜい》に無勢《ぶぜい》だ。こうなっては、役人には抑《おさ》えられない。

泰徳と正信が村人に加勢する中で、内山と左近は対峙《たいじ》し、互いに鋭い目を向け合っている。

周りの騒ぎなど耳に入らぬ二人のあいだは、剣気に包まれ、何者をも寄せつけぬ。

左近は宝刀安綱を正眼《せいがん》に構えていたが、ゆるりと下段に下げ、切っ先を地面に向けた。

目は、じっと相手を見ている。

落ち着きはらっている左近に対する内山は、己の剣の腕に自信があると見えて、唇に笑みを浮かべた。

若造など一刀で断《た》ち斬ってやらんと気合を吐き、

「てやっ!」

振り上げた刀を袈裟《けさ》懸《が》けに打ち下ろした。

この隙を、左近が見逃すわけもなく、飛鳥《ひちょう》のごとく前に出ると、下から胴を払った。

「ぐっ、あぁ」

身をかがめた内山は、刀を手から落とし、頭から突っ伏した。

剛剣の遣《つか》い手《て》と頼んでいた家来が一刀のもとに倒され、藤川は息を呑み、馬を転じて慌てて逃げようとした。

その前に、小五郎が立ちはだかった。

甲州忍者を束《たば》ねる小五郎の気迫に馬が驚き、前脚を上げた。

振り落とされた藤川は、すぐさま立ち上がって抜刀すると、

「おのれ、邪魔をするな！」

商人の身なりをした小五郎を舐めてかかり、刀を打ち下ろした。

だが、小五郎は腕を取ってひねり、藤川の背中を地面にたたきつけた。同時に刀を奪い、切っ先を喉元に突きつける。

得体の知れぬ小五郎に恐怖を覚えた藤川は、

「ひっ。たた、助けてくれ」

無様な声を出し、顔を引きつらせている。

往生際《おうじょうぎわ》の悪い代官に舌打ちした小五郎が、喉の薄皮を斬った。それだけで藤川は泡を吹き、気絶した。

八

「何、江戸表から火急の書状とな」

甲府藩国家老、奥安盛清《おくやすもりきよ》のもとに、徳川綱豊からの書状が届けられた。

左近が上岩森村の仕置きをした、翌日のことだ。

むろん、左近が自らしたためた書状である。

藤川を代官所に投獄した左近は、村人に牢の番をさせると、密かに甲府城下に入った。旅籠で筆を執《と》り、上岩森村の代官の処罰と村の救済の下知状《げちじょう》を書き、訴状を添えて小五郎に持たせたのだ。

下知状に目を通した奥安は、目を丸くした。

「これを届けたのは誰じゃ」

「町人風の男と聞いております」

「隠密《おんみつ》に違いあるまい。ただちに代官所に人を遣わせ」

「はは」

「蔵の米は上岩森村に運び、藤川は切腹じゃ」

「ははあ」

側近が立ち去ると、奥安は冷徹な目を訴状に落とし、にぎり潰した。

「百姓め、こしゃくな真似《まね》を」

深い皺《しわ》が刻《きざ》み込まれた眉間《みけん》を寄せて、鋭い目を屋敷の庭に向けた。

「三木《みき》はおるか」

「はは」

廊下に控えていた側近の三木重近《しげちか》が、身を転じて頭を下げた。

「殿の隠密が入っておるぞ。ことを急がねばならぬ。例の者に、そう伝えよ」

「かしこまりました」

懐刀《ふところがたな》の側近が消えるように立ち去ると、奥安は左近が送った下知状を手に取り、苦々しい顔をした。

「誰にも渡さぬぞ。渡してなるものか」


城に不穏《ふおん》な空気が漂っていることなど知る由《よし》もない左近は、旅籠の窓から甲府城を眺めていた。

「左近、酒が冷めてしまうぞ」

泰徳に呼ばれ、左近は膳の前に座った。酒をすすめられて、杯《さかずき》を取る。

「村を救ったのだぞ、もっと明るい顔をせぬか」

「同じような目に遭わされている民がおらぬか、気になるのだ」

隣の部屋で横になっている正信のことを気にした泰徳が、声を潜めて訊いた。

「家臣を信じられぬか」

「欲に目がくらめば、人は変わる」

藤川にしても、代官所に赴任《ふにん》した当初は、民のことを気にかけ、民のために働いていたと、村人から聞いた。

それが、ある年から突然、年貢を厳しく取り立てるようになった。

村人が言うには、城下から女を連れ帰ったまではよかったが、その女が突然姿を消してから、気性が変わったという。

善政が一転して悪政に変わったことに、家老の奥安が影響しているかどうかは、今の左近にわかるはずもない。

だが、村人から話を聞いた時から、正信の様子が変わっていることが、左近の気を重くしている原因のひとつでもある。

――この甲府には、己が知らぬ何かがある。

葵一刀流《あおいいっとうりゅう》を極め、市井《しせい》にくだることで研《と》ぎ澄《す》まされた左近の心眼が、無意識のうちに何かを感じていた。

第二話　古城の女

一

身を切るような冷たい風が、夜道を吹き抜けた。

月明かりもない暗闇の中、甲府城下の武家屋敷のあいだをひた走る集団がいる。

黒い布で顔を隠し、袴《はかま》を着け、肩に襷《たすき》をかけた曲者《くせもの》は、とある屋敷の表門の前に止まると、一人が仲間の肩を借りて塀を越えて、潜《くぐ》り門《もん》を開けた。

一人、また一人と中に忍び込んだ曲者は、素早く走り、屋敷の勝手口の戸をはずした。

廊下を走る音に気づいた屋敷のあるじは、身を起こし、刀掛けに手を伸ばした。

「殿、闇討ちにござる。お逃げください！」

「何者だ」

「わかりませぬ」

近習《きんじゅ》が言うと、にわかに外が騒がしくなった。

気合声と、刀がかち合う音が響いている。

あるじは奥に走り、妻と娘のもとへ向かった。

「あなた、何ごとですか」

すでに妻は目をさまし、不安げに外を見ていた。

「闇討ちだ。心当たりがある。清江《きよえ》を連れてすぐ逃げよ。清江、清江！」

大声で起こすと、白い寝間着に打掛《うちかけ》を羽織《はお》った娘が出てきた。

「母上と逃げよ」

「殿もご一緒に」

妻が言ったが、敵が迫っていた。

あるじは懐《ふところ》から帳面と紙包みを出し、二人に託した。

「よいか、二人とも……わしに何かあったら、かねてより申したとおりにせよ。よいな」

「殿」

「父上」

あるじは、今生《こんじょう》の別れを惜しみ、妻子を抱き寄せた。

「案ずることはない」

その時、障子が開け放たれ、

「いたぞ！」

曲者が声をあげるや、斬りかかってきた。

あるじが抜刀《ばっとう》して刃《やいば》を受け、

「行け！」

叫ぶと、母娘は屋敷の裏手に逃れた。

あるじは曲者と鍔《つば》迫《ぜ》り合《あ》いをしたが、押し返して刀を一閃《いっせん》した。

腕を浅く斬られた曲者が怯《ひる》んだところへ、別の曲者が現れた。

こ奴は、刀を右手に提《さ》げ、鋭い剣気を放っている。

「女を追え」

配下に命じると、屋敷のあるじに切っ先を向けた。

「観念せよ、蔵里外記《くらさとげき》」

「やはり、国家老の手の者か」

曲者は答えず、すすっと前に出た。

「おのれ」

蔵里外記が気合を吐き、袈裟懸《けさが》けに斬り下ろした。

曲者は紙一重《かみひとえ》で刃を左にかわし、すれ違いざまに右手を振るうと、蔵里外記の首筋を斬った。

血筋を断《た》たれた蔵里外記は、血が噴き出す首を押さえて片膝《かたひざ》をつくと、呻《うめ》き声をあげて倒れた。

いっぽう、背後の追っ手に気づいた母親は、清江にすべてを託し、

「これを持って、そなた一人で逃げなさい。岡部《おかべ》様に渡せば、父上の無念が晴らせます」

と、背中を押した。

「母上」

「父上の命です。早く」

母親は懐刀《ふところがたな》を抜き、追っ手に向かっていった。

暗闇に母親の姿が見えなくなるや、龕灯《がんどう》の明かりが揺れ動き、夜空に断末魔《だんまつま》の悲鳴があがった。

「母、上……」

「娘がいたはずだ、捜せ！」

曲者の声で我に返った清江は、父親から託された物をにぎりしめ、城下を駆け抜けた。

二

「これが、ほうとう、と申すものか」

太いうどんのような物を、山鳥《やまどり》の肉と一緒に味噌《みそ》で煮込んだほうとうは、

「実に、旨《うま》い」

新見左近を唸《うな》らせた。

食べているうちに身体がぬくもり、力が湧《わ》いてくる。

「これはな、武田信玄《しんげん》公も陣中で食べられたのだぞ」

新見正信が、自慢げに言う。

「さすがは親父殿、詳しいですな」

岩城泰徳が感心すると、

「いや、店の入口に書いてあった」

正信は含み笑いをして、ほうとうをすすった。

箸《はし》を止めて顔を上げた泰徳は、呆《あき》れた顔を左近に向けて笑うと、額《ひたい》ににじんだ汗を拭《ぬぐ》い、ふたたびほうとうの鍋《なべ》に向かった。よほど気に入ったらしく、二人前をぺろりと平《たい》らげた。

「ああ、食った、もう入らんぞ」

満足そうに腹をたたき、

「小五郎殿、信玄公の城跡は、この近くなのか」

隣に座る吉田小五郎に尋ねた。

「はい。坂道をくだったところに見えていた森が、館跡《やかたあと》です」

歩いて小半刻《こはんとき》ほどだと言う。

「左近、次は城跡だ。甲斐無限流を遣《つか》う身としては、是非とも手を合わせたい」

甲斐無限流は、武田信玄の頃に編《あ》み出された戦国の剣術。

その剣術で食うている身としては、本拠地跡に額《ぬか》ずいて、何ごとかを祈願せずにはおれぬのだろう。

ほうとうを食べ終わると、左近たちは城跡にくだった。

戦国最強の騎馬軍団を率《ひき》いた武田信玄は、泰平の世の今も人気が高い。ゆえに、信玄公ゆかりの地である躑躅《つつじ》ケ《が》崎《さき》館《やかた》跡を訪れる者は少なくない。

館跡といっても、ぐるりと堀に囲まれた石垣がわずかに見えるだけで、いわゆる本丸の地は、長い年月によって木に覆《おお》われ、鬱蒼《うっそう》とした森になっていた。

それでも大手門《おおてもん》側には、信玄公を崇拝《すうはい》する者のおかげか、丸太の橋がかけられ、本丸に渡れるようになっている。

泰徳は喜んで渡り、本丸跡地を見に行ったが、左近たちは堀の前で城下を見渡した。

大手門前からなだらかにくだった先には、大小の武家屋敷が並び、中には、旧武田家家臣の縁者の屋敷もある。

「実に、よき眺《なが》めだ」

壮観《そうかん》な眺めに、左近は思わずため息が出た。

三人が並んで城下を眺めていると、戻ってきた泰徳が、左近の腕をつかんだ。

「うむ？」

「いいから来い」

袖《そで》を引かれて、左近は丸太の橋を渡った。

「いかがした」

左近が訊《き》くと、泰徳が唇《くちびる》に指を当てて、静かに、と合図した。

本丸に続く古い石段を上がると、泰徳が身をかがめた。

左近が横に座ると、

「見たかもしれぬ」

泰徳が怯《おび》えた口調で言う。

「……何を見たのだ」

「幽霊だ」

左近は目を見張り、

「戯《ざ》れ言《ごと》を申すな」

呆れて、引き返そうとした。

「待て、左近。おれは確かに見たのだ。白い着物のおなごが、あそこの太い杉の下にいたのを……」

泰徳は真顔で、杉の大木を指差している。

左近が、泰徳が指差す先に目を向けると、林の中から鳥が飛び立った。

「幽霊などではあるまい。見間違いではないのか」

言いつつも、左近は林に足を踏み入れ、あたりに気を配りながらゆっくり歩んだ。

泰徳も横に並び、杉の木に注意を払いながらついてくる。

見たという杉の大木の下に行ってみたが、人などいなかった。

「何かの間違いであろう」

左近がふたたび言いながら、あたりを見回した。

「そうであろうか」

泰徳は首をかしげながらも、結局は、見間違いかと言い、背を返した。

左近もそれに続き、正信らのところに戻っていったのだが、鳥の鳴き声に目を向けた時、雑木林の中に、ちらりと人影が見えた気がした。

誰かいるのかと思い、足を止めると、

「そこで何をしておる」

石段の下から声がした。

見ると、揃《そろ》いの羽織《はおり》を着けた数名の役人が、正信と小五郎を囲んでいた。

石段を下りようとした泰徳を引き止め、身を潜《ひそ》めて様子をうかがった。

「見てのとおり、倅《せがれ》を待つあいだ、城下を眺めておったのです。なかなかよい眺めですな」

役人は、浪人姿の正信が、まさか藩の家老であるとは夢にも思うまい。

「旅の者か」

と、偉そうな態度で訊いてきた。

「いかにも。不案内ゆえ、宿で知り合《お》うたこのお方に案内をしてもろうておったところでござるよ」

機転を利かせ、町人姿の小五郎のことを告げた。

左近と泰徳が石段の上に立つと、

「おお、来た来た。あれが、倅にござる」

正信が口にすると、役人が鋭い目を向けてきた。

「中に誰かおらなんだか」

大声で訊かれて、

「いや、誰もおりませぬ」

泰徳が即座に答えた。

誰かを捜しているらしく、配下の者に耳打ちされた役人が、丸太橋を渡ってきた。

左近と泰徳が道を譲ると、役人はじろりと左近を見て、林の前へ進んだ。

館跡といっても、何も残っていない。

役人たちは鬱蒼と茂る林の中には入ろうとせず、足場がよいところであたりを見回しただけで、戻ってきた。

左近たちには目もくれず、

「上のほうを捜すぞ。古城の裏手に空き家があったはずだ。そこを調べる」

配下の者と話しながら、去っていった。

「何かあったようだな」

左近が、役人たちの集団を見ながら言い、林を振り返った。

「おい左近、どこへ行く」

左近は何も言わず、先ほど人影が見えた雑木林に入った。木の枝を分けながら奥に進むと、微《かす》かに人の気配を感じる。

常人ではとうていわからぬが、葵一刀流を極めた左近だからこそ、感じ取れる気配だ。

さらに進むと、木の陰から、いきなり女が襲いかかってきた。

左近は素早く身を転じ、懐刀を振るう腕をつかんで止めた。

若い女だ。

髪を乱し、汚れた顔で左近を睨《にら》んでいたが、急に力が抜けたかと思うや、白目をむいて気絶した。

　倒れるのを抱きかかえると、はだけた胸元から帳面が落ちた。

「ひどい熱だ」

　腕に抱いただけで、女の身体が熱いのがわかった。

　泰徳が羽織を脱ぎ、女の身体にかけてやる。

「先ほどの奴らに追われているのだろうか」

「おそらく」

　左近はうなずき、帳面に視線を落とした。

「何か、わけがありそうだな」

「宿に連れて帰るにしても、この格好では怪《あや》しまれる。この裏に空き家があると言っていたが、そこに行くか。調べたあとならば、役人はもう来るまい」

「うむ」

　左近は女を抱き上げた。

「念のため、小五郎に探るよう伝えてくれ」

「よし」

　立ち去る泰徳のあとをゆっくり歩み、石段の上に潜んだ。

程なく、周囲の探索をした小五郎と泰徳が戻り、誰もいないと言う。

古城の裏手は武家屋敷もなく、空き家以外に民家がないので人気《ひとけ》もない。怪しい娘を匿《かくま》うには都合がいいだろう。

気を失っている女を抱きかかえた左近は、古城の裏手にひっそりとたたずむ藁《わら》葺《ぶ》き屋根の家に入った。

三

一刻（約二時間）ほどが過ぎただろうか、小五郎が水に浸《ひた》した布を額に当てると、女が薄目を開けた。

「気がついたかい」

小五郎が声をかけると、女は目をはっと見開き、起き上がろうとした。

「おっと、まだ熱がある。横になっていな。大丈夫、おれたちは役人に突き出したりはしないから」

小五郎が肩を押さえて言うと、女は素直に横になった。

「見たところ夜中に逃げ出したようだが、いったい何があったんだい」

女はかけられていた羽織をつかみ、胸元を気にした。そこで帳面がなくなっていることに気づき、目を見張った。

「これかい」

小五郎が、枕元に置いていた帳面を見せると、女が奪い取り、大事そうに抱え込んだ。

「武家の娘のようだが、名はなんて言うんだい」

いろいろと訊く小五郎に、女は警戒の目を向けた。

「まあいい。ゆっくり休みな。今だけ、これは預かっておくぜ」

小五郎は懐刀を持つと、隣の部屋に行った。

この時左近は、正信と二人で別室にいた。泰徳は、女の着物と薬を買いに走っている。

「殿、あの帳面に書いてあったことですが」

正信が言うと、左近は驚いた顔を向けた。

「見たのか」

「気になりましたのでな」

「大切な物のように見えたが……」

「さよう。何かの帳簿ではないかと」

「帳簿？」

「はい。察するに、裏帳簿……あの娘がそれを盗み出し、何者かに追われておるのですよ」

考えられぬことではない。

左近は、正信の推測にうなずいた。

「目をさましたら、問いただしてやりましょう」

二人が声を潜めて話しているところへ、小五郎が襖《ふすま》を開け、女が目覚めたと目配せをした。

さっそく正信が女のところへ行き、帳面は何か、どこで手に入れたのかと、警戒させぬよう優しく訊いている。

「我らは決して怪しい者ではない。そなたが悪事に荷担《かたん》しておらぬなら、安心して申してみよ」

そこへ折よく、泰徳が帰ってきた。

熱に効く薬と、古着ではあるが、若い娘が好みそうな色合いの着物に、食べ物まで買ってきていた。

これに加え、我らは旅の者だと言ったのが功《こう》を奏《そう》し、女は警戒を解いたのか、

「清江と申します」

と、名を告げた。

さらに、

「父は、甲府藩郡奉行の蔵里外記。押し入ってきた曲者に襲われ、わたくしは、父の配下を頼るべく逃げたのですが、夜道に迷い、林に潜んでおりました」

父親の名を聞いた正信が息を呑《の》み、

「そ、それは、難儀なことであったの」

言いつつ、左近と顔を見合わせた。

左近が清江に目を向けると、清江も見てきた。

「ここは、どこでしょうか」

どうやら、古城と気づかずに潜んでいたらしい。

「武田の古城の裏手にある空き家だ」

「では、急がねば」

配下の家は、ここより三町（約三百三十メートル）ばかり離れた場所にあるという。

「待て、すでに手が回っておらぬか」

左近が言うと、

「父がいざという時のために用意した隠れ家ですから、手が回ることはないかと」

配下の者が、農民に化けて暮らしているらしい。

「場所はわかるのか」

左近が訊いた。

「はい」

「では、日暮れ時までここで過ごし、我らが共に行こう。これからのためにも、食べる物を食べて、薬を飲んで眠っておれ」

左近が言うと、泰徳が握り飯と竹筒《たけづつ》を差し出した。

清江はいらぬと首を横に振ったが、食べねば身が持たぬと泰徳が言い、手に取らせた。

左近は正信と小五郎に目配せをして、別室に移動した。

「殿、蔵里と申せば、新田開発を願い出ていた者です」

「わかっておる」

「何があったのでしょうか」

「郡奉行の屋敷に曲者が押し入るとは、尋常なことではあるまい。余《よ》が知らぬところで、内紛《ないふん》が起きているのではあるまいか」

「まさか――」

正信は絶句した。

「それがまことなら、お家の一大事にございます」

家臣団の内紛が原因で、改易《かいえき》やお家断絶となった大名家は少なくない。親藩といえども、綱吉政権下の公儀の耳に入れば、これを好機とばかりに、綱豊を排除しにかかるのは明らかだ。

「小五郎」

「はは」

「城の中で何が起きているのか、探ってまいれ」

「はは」

小五郎は頭を下げるや、城下へ向かった。

暮《く》れ六《む》つ（午後六時頃）が近づき、山の稜線《りょうせん》が黒く見える頃になって、左近たちは空き家から出た。

清江の案内に従い、前後を守りながら細道をのぼってゆく。

村はずれの一軒家に着いた頃には、あたりはすっかり暗くなっていた。

清江の訪《おとな》う声に人が駆け寄る気配があり、表の戸が勢いよく引き開けられた。

総髪《そうはつ》を後ろに束《たば》ねた初老の男が、清江の顔を見るなり安堵《あんど》の息を吐き、よくご無事で、と手をにぎった。

やはり探索の手はここまで及んでおり、昼間に役人が来たと言う。

「もしやと思い、急いでご城下のお屋敷へまいりましたら、あのようなことに」

「与一《よいち》、屋敷を見に行ったのですか」

「はい」

「どうなっておりましたか」

「その前に、中へ」

人目を気にして、皆を中に引き入れた。

左近たちが見知らぬ連中だと気づき、

「お嬢様、この方々《かたがた》は」

警戒の色を見せつつ訊いた。

「旅のお方です。行き倒れになっていたわたくしを、助けてくださいました」

清江が古城で助けられたことを告げると、

「それで、このようなお召し物を」

色があせた古着姿を、いたわしげに見た。

「かたじけのうござった」

与一が膝に手を載せて、深々と頭を下げた。

「与一、父上と母上は、どうなったのです」

返答を聞く前から、清江の声は震えている。

与一は首を横に振り、こらえきれなくなって泣き崩れた。

その姿を見て、清江が呆然《ぼうぜん》と立ち尽くしたかと思うや、ふっと後ろにふらついた。

咄嗟《とっさ》に受け止めた左近が、眉《まゆ》をひそめる。

「いかん。熱が高くなっておる」

清江は大丈夫だと言うが、額に手を当てるまでもなく、身体が熱くなっている。

与一は慌《あわ》てふためき、

「奥へ、奥へどうぞ」

板戸を開け放ち、奥の部屋に急いで布団を敷いた。

清江を横にさせると、ひどく咳《せ》き込み、辛《つら》そうな息をしている。

泰徳が薬の袋を出して、薬種屋《やくしゅや》がすすめた薬だから効くはずだと言い、与一に水を頼んだ。

「これを飲ませて、部屋を暖かくしろと申していたな。火鉢《ひばち》も頼む」

「すぐ用意します」

与一はまず水を持ってくると、囲炉裏《いろり》の炭を火鉢に移し、奥の部屋に運んだ。

泰徳が薬を飲ませてやると、清江は辛そうに横になった。

「すぐ粥《かゆ》を作ります」

「与一……」

声をかけ、忙しく働く与一をそばに呼び寄せた。

「屋敷を襲い、父上と母上を殺《あや》めたのは、誰なのです」

清江は大粒の涙をこぼし、悔しさに身を震わせながら、責めるように訊いた。

「申しわけございません。それがしには、見当もつきませぬ」

「……そうですか」

気落ちする清江に、与一は頭を下げた。

このまま二人を置いていけるはずもなく、左近は手助けを申し出た。

「いえ、旅のお方に迷惑をかけては、あの世で旦那様にお叱《しか》りを受けます」

「それは、死を覚悟しているという意味か」

左近が言うと、与一は目をそらした。

「蔵里殿の無念を晴らすためにも、屋敷を襲った者どもを捜し出さぬか。微力ながら、我らが手を貸すぞ」

「しかし、これは蔵里家のこと。浪人を頼ったのでは、お家の名折れにござる」

「なるほど、では、用心棒ではどうだ。清江殿を守るために我らを雇った。それならば、面目は立とう」

「結局は金か」

「与一……」

清江が与一を制し、そうしろと、うなずいてみせた。

「わかり申した。いくらにござるか」

「金などいらぬ。ここへ泊めてもらうだけで十分だ」

「遠慮なさるな。一両でどうだ」

「いや、いらぬ」

「いらぬとはおぬしも強情な。金を払わねば、雇ったことにはなるまい」

「この無礼者！」

たまりかねて、正信が怒鳴った。

与一が正信をじろりと見て、

「無礼とはなんじゃ」

と、眉をひそめた。

正信がつい口が滑ったとばかりに、慌てて言いなおした。

「いや、倅に申したのでござる。これ左近、若い娘の前だからと見栄など張らずに、受け取らぬか」

これには左近がぎょっとした。

「わははは」

空笑《そらわら》いをしたのは泰徳だ。

「お前はいつもそれだ。いい格好をして損をする」

「なに？」

「路銀《ろぎん》の足しになるではないか、もろうておけ」

――そのほうが、下手《へた》に疑われなくてすむということか。

左近は思いなおして、

「では、一両で」

清江に言った。

「まだ、お名をうかがっておりませんでした」

「拙者、江戸の浪人、新田《にった》左近と申す。わけあって、父と友と共に旅をしている」

咄嗟に嘘《うそ》の苗字《みょうじ》を口にした。新見を名乗れば、身分が知れてしまう恐れがあるからだ。

「新田正信にござる」

「拙者は、岩城泰徳と申します」

旅の浪人という嘘を信じた清江は、安堵したようにうなずき、目をつむった。

「ゆっくり休まれよ」

左近が言うと、清江はうなずき、

「与一と、二人にしていただけませぬか」

目をつむったまま言った。

「あいわかった」

左近は、皆に目配せをして居間に出た。

戸を閉めた与一が、清江と何ごとかを話しているが、左近たちには聞こえない。

誰も口を開かず、じっと囲炉裏のそばに座っていると、程なく与一が出てきた。

神妙な面持《おもも》ちで座ると、誰を見るでもなく、言葉を発した。

「お三方に、尋ねたきことがあり申す」

「何かな？」

正信が応じた。

「お嬢様がお持ちであった、帳面の中を見られたか」

正信がちらりと左近を見て、

「いや、見ておらぬ」

平然と答えた。

与一が正信を見た。

「帳面の中に、絵図が挟んであったはずなのだが……知りませぬか」

「絵図？　なんの絵図だ」

「ご領地の、村の絵図なのですが」

「そのような物、見ておらぬ」

与一は、左近と泰徳を見た。

「ご存じないか」

絵図など、初めからなかったはずだ。

「いや、見ておらぬ」

左近が答えると、泰徳もうなずいた。

「その絵図が、どうかされたか」

「我があるじが、命をかけてお役目を果たそうとしていたことにござる。お嬢様は、その絵図をご家老様にお渡しするよう、お父上から託されたのです」

「甲府藩の家老と申せば、誰のことだ」

左近が訊いたが、与一は答えるのを控えた。

「まことに、絵図を知らぬのですな」

確かめるような目を向けられ、

「見ておらぬ」

そう答えた。

「さようか」

与一は肩を落とし、粥の支度をしに台所へ行った。

四

眠っていた左近は、部屋に人が入ってくる気配に気づいた。

外がようやく白みはじめた頃に、正信がこっそり戻り、己の寝床に横になったのだ。

厠《かわや》に立ったわけではない。出ていって戻るまで、三刻（約六時間）は経《た》っている。

怪しき行動を取ることと、清江を助けたことに関わりがあるのかは、左近にはわからなかった。

正信は、長年にわたり甲府の藩政を担《にな》っていただけに、不穏《ふおん》な気配が漂う城下のことが気になり、夜中に、信頼する配下の者を訪ねたのかもしれぬ。

左近はそう思ったが、あえて、何も訊かなかった。黙って動くのは、それなりのわけがあると思ったからだ。

朝になり、与一が作った味噌汁と香の物で朝餉《あさげ》をとる時も、正信は昨夜のことは何も言わず、いくぶん元気がない。

蔵里外記が何ゆえ殺されたのか。

死を知った時の正信の落胆ぶりは、左近を驚かせた。

「蔵里に新田開発を打診したのは、他ならぬ、それがしでござる」

正信がこう明かしたのは、昨夜寝る前のことだ。

江戸屋敷に詰めてからは、国許《くにもと》のことにはほとんど口を出さず、国家老にまかせていただけに、開墾《かいこん》の計画を郡奉行に進めさせたのは、角が立たぬよう配慮したうえでのことであった。

蔵里が殺された理由は今のところわからぬが、国家老とのあいだに何かあったのかもしれぬと、左近は考えている。

蔵里の上役は、国家老、奥安盛清。

奥安とは江戸屋敷で一度だけ会ったが、なかなか頭が切れる男で、

「油断ならぬ」

左近は、出世欲が強い人物と見ていた。

出世欲が強ければ強いほど、周囲とのいざこざも生じる。

藩政を決める寄り合いでは、他の家老衆との対立が目立ち、正信にかわって甲府城を預かる附家老《つけがろう》の岡部定直《さだなお》にとっては、悩みの種《たね》となっていた。

蔵里殺害に国家老の奥安が関わっているとすれば、上岩森村の一件を見ても、よからぬくわだてがあるようにしか思えぬ。

正信が浮かぬ顔をしているのも、奥安を家老に推挙した責任を感じているのかもしれない。

江戸屋敷に詰める正信が、国事を滞《とどこお》りなく進めさせるために抜擢《ばってき》し、家老衆に加えたのが十年前。

以来、信頼を寄せていただけに、もしほんとうに、奥安が藩を乱す元凶《げんきょう》となっているのならば、心苦しいのであろう。

左近は正信の顔色をうかがいながら、朝餉をとっていた。

そこへ、清江の世話を終えた与一が現れ、

「おかげさまで、熱が下がり申した」

ほっとした様子で、礼を述べた。

「して、与一殿、これからいかがされるおつもりか」

泰徳が訊いた。

「いかがするとは？」

「下手人《げしゅにん》のことだ。心当たりはまったくないのか。よく考えてみられよ、清江殿の父君《ちちぎみ》は、上役か同僚に恨《うら》まれるようなことはなかったか」

「ござらぬ」

与一の答えを聞いた泰徳は、難しい顔で腕組みをした。

「おかしいではないか。曲者に襲われたのは郡奉行だ。そのご息女《そくじょ》が役人に追われるとなると、ただごとではあるまい」

与一は押し黙り、下に向けた目を泳がせた。

「絵図に、関わりがあるのではないか」

左近が訊くと、与一は驚いたような顔を上げた。

「蔵里殿はもしや、藩内の不正の証拠をつかみ、絵図に示されているのではないか」

左近の問いに与一は何か言おうとしたが、言葉を呑んで押し黙った。だが、そのとおりだと、顔に書いてある。

「だとすると、何か手を打たねば、清江殿は命を狙われ続けるぞ」

泰徳が言うと、与一が顔をしかめた。

「どうしろと言うのだ。江戸におわす殿に訴え出ようにも、証《あかし》の絵図がなければどうにもならぬであろう」

「いったいその絵図とは、なんの絵図なのだ」

左近が訊いた。

「浪人の貴殿らに話すことではない」

「そう申すな。皆で考えれば、何か知恵が浮かぶかもしれぬぞ」

与一は口を引き結び、顔を背《そむ》けた。

そこへ、清江が戸を開けて、居住まいを正した。

「わたくしが、お話しいたします」

「お嬢様」

「いいのです。わたくしたちは、もはやこれまで……家老の手の者が捜し回っているからには、身動きが取れませぬ」

「しかし……」

「この方々のお人柄を見込んで、お願いするしかありません」

与一は口を閉ざし、目を伏せた。

「清江殿、話してみられよ。悪いようにはせぬ」

「その前に新田様、古城であなた様を斬りつけようとした場所を、覚えておられましょうか」

「うむ」

「そこへ、足をお運び願えませぬか」

「何か、あるのか」

清江がうなずいた。

「お嬢様、まさか……」

「父から預かった絵図を、隠しております」

「しかし、昨日はなくしたと」

「そうでも言わないと、お前は危険を承知で取りに行ったでしょう。役人に怪しまれて捕まったのでは、父上と母上の死が無駄になります」

「この者たちなら、怪しまれぬと」

「役人と話しているのを、見ていました。旅のお方とわかっていますので、怪しまれることはないはず」

「なるほど、では、それがしが取りに行ってこよう」

左近が言うと、

「わしも行くぞ」

正信が刀をにぎり、腰を浮かせた。

「父上は、ここでお待ちください」

左近が止めると、何ゆえかと、不服そうに言った。

「泰徳と共に、ここをお守りください」

「承知した」

泰徳が快諾《かいだく》し、

「親父殿、倅に走らせればよろしいではござらぬか」

引き止めると、正信は、鼻息を荒くして座りなおした。

「清江殿、隠し場所に目印があるか」

「あなた様を斬りつけようとした林の中に楠《くすのき》の大木がございますが、その木の根元の穴に隠してあります」

「わかった」

左近は宝刀安綱をにぎり、隠れ家をあとにした。

雪雲が垂れ込める寒空の下を急ぎ、古城に着いた時には、雪の花が舞いはじめていた。

雪のおかげか、古城の周りに人影はなく、左近は丸太橋を渡って、本丸跡に上がった。

人がいないのを確かめると、左手の林に足を踏み入れ、奥へ進んだ。

清江が言っていた楠の大木は、すぐに見つけることができた。根元が二股に分かれていて、空洞がある。

左近は膝をつき、手を入れた。

布をつかんで引っ張り出すと、紅色《べにいろ》の打掛が丸められていた。

開いてみると、芥子色《からしいろ》の紙に包まれた物がはらりと落ちた。

清江が隠した絵図に違いなく、開いて見ようとしたその時、林の中に気配を感じ、左近は包みを懐に入れた。

「小五郎にございます」

木陰から小五郎が現れ、左近の前に片膝をついて頭を下げた。

「よくここがわかったな」

「どこにおられるかわからず、空き家のあたりを捜しておりましたら、道をくだるお姿が見えたものですから」

「うむ。して、何かわかったか」

「殺された蔵里外記は、国家老の奥安と開墾のことで口論があったらしく、蔵里に同情する者のあいだでは、奥安に暗殺されたとの噂《うわさ》が広まっております」

「やはり奥安が絡んでおるか。開墾は余が許したことだ。何ゆえ口論となる」

「普請《ふしん》をはじめようとしたところ、奥安が、腑《ふ》に落ちぬ点があると申して待ったをかけたのですが、蔵里が強引に普請をはじめようとして、激しい口論になったそうです。それが、七日ほど前とのこと」

「開墾を止めようとしたわけは、わからぬか」

「今のところは。引き続き調べます」

「いや、その前にこちらを調べたい」

左近は絵図を広げて見せた。

誰が描いた物か、簡単な山の絵と、黒石《くろいし》という村の名が書かれている。

「なんの絵図か、わかるか」

小五郎が絵図をのぞき込み、首をかしげた。

「この山の印を見る限り、何かの隠し場所を示す物でしょうか」

「なんだと思う」

「まさか、武田の埋蔵金《まいぞうきん》では」

「そのようなことで、国家老と郡奉行が争いはすまい。ここは、開墾を予定していた里であろう。この里に何があるのか、調べる必要がある」

「では、さっそくまいります」

「その前に、隠れ家に行こう」

「はは」

左近は小五郎と共に、古城をあとにした。

隠れ家に戻り、打掛と絵図を渡すと、

「これさえあれば、父上と母上の仇《かたき》が取れます」

清江は大事そうに、胸に抱きしめた。

左近と戻ってきた小五郎に、助けてくれた礼を改めて言い、頭を下げると、小五郎は優しい笑みを浮かべて、元気そうでよかったと言った。

「与一殿の姿が見えぬようだが」

左近が訊くと、正信が答えた。

「村の者が寄り合いの誘いに来ましてな。怪しまれるので、断らずに出かけております」

「さようか」

左近は、囲炉裏端に座る清江に顔を向けた。

「清江殿」

「はい」

「絵図で仇が討てると申したが、どのような秘密があるのだ」

「それは……」

清江は躊躇《ちゅうちょ》して目を泳がせた。

「……実は、わたくしもよく知らないのです。ただ、この絵図に書かれている村のことで、ご家老様が父上をお叱りになられていたのを、聞いたことがあります」

「家老の名は」

「奥安盛清様にございます」

「その奥安が絵図を狙わせたとなると、父上は何か、不正の証をつかんでいたのではないか」

「そうかもしれませぬ。母上が別れの際に、これを岡部様に渡せば、父上の無念が晴らせると言いましたから」

「なるほど」

左近がうなずくと、正信が訊いた。

「岡部とは、家老の岡部定直殿のことか」

「はい」

正信が、納得したようにうなずき、目を閉じた。

「父上、いかがなされた」

左近が問いただすような目を向けると、

「いや……」

正信はかぶりを振り、茶碗の白湯《さゆ》をすすった。

「どうやって家老に絵図を渡すかだな」

泰徳が言った。

「家老ともなると屋敷は曲輪内《くるわうち》であろうし、役人も目を光らせておろう」

「案ずるな、いざとなれば」

殿が――。

と、思わず正信が言いかけた時、表の板戸に何かがぶつかる音がして、与一が転がり込んできた。

「や、いかがした」

泰徳が素早く駆け下り、与一を抱き起こすと、顔をひどく痛めつけられ、着物を血で汚している。

「お、おじょう、さま……」

「与一、しっかりなさい」

清江が裸足《はだし》のまま土間に下り、与一の身を案じた。

「誰がこのような目に」

「え、絵図は……」

「ここにあります」

与一は顔を歪《ゆが》めて苦しんだ。

「与一！」

「も、もうしわけ、ございませぬ。つ、妻と倅が、ひ、人質に……」

清江が息を呑み、手で口を塞《ふさ》いだ。

「人質に取られて、何を要求されたのだ」

泰徳が訊くと、与一は目をそらした。

「お嬢様を殺して、絵図を持ってこいと」

「何！」

「絵図を渡さなければ、妻と子を、殺すと」

与一は朦朧《もうろう》とした様子で、必死に訴えた。

蔵里を襲わせた者は、家来をことごとく捕らえ、清江の行方と絵図を捜しているらしい。

城下で暮らす与一の妻子も捕らえられ、隠れ家の存在を知られたのだ。

小五郎が障子をわずかに開けて、外の様子をうかがった。

表に広がるのは田圃《たんぼ》だけで、怪しい人影はないと言う。

裏に回った正信も、怪しげな気配はないと告げた。

「な、なんとか、お嬢様の命だけはお助けくださるよう、約束させましたので、え、絵図さえ渡せば……」

与一は必死に詫《わ》びて、手を合わせた。

「わたくしの命はともかく、与一の妻と子の命が大事。絵図をどこに持っていけばよいのです」

与一は悔し涙を流し、土間にうずくまった。

「与一、約束の場所はどこなのです」

「明日の申《さる》の刻《こく》(午後四時頃)に、古城へ持ってこいと」

「わかりました。わたくしが行きます」

「お嬢様、それだけはご勘弁を。殺されてしまいます」

「構いませぬ」

「いけませぬ。どうか、どうか、それがしにお預けください」

与一は震える手を合わせて、絵図を渡すよう願った。

「いかがしたものか。人質を取られていては、厄介《やっかい》ですぞ」

正信が、小声で左近に訊いてきた。

「与一殿、妻と子は、古城で返してくれるのか」

左近が訊くと、与一がうなずいた。

「その場で返すと、申しておりました」

「信用できぬ。用心棒としてついていこう」

「一人で行かねば、妻子を殺されてしまう」

「こうなっては、仕方あるまい。おれたちはおとなしくしておこう」

泰徳が言い、与一に肩を貸して座敷に上げてやると、囲炉裏の近くに寝かせた。

左近たちは目配せをして別室に集まり、打ち合わせをした。

「いかがしたものか」

正信が、ため息まじりに言った。

左近は、小五郎に顔を向けた。

「小五郎」

「はは」

「絵図の村を覚えているな」

「はい」

「近いのか」

「半日もかかりませぬ」

「では、夜を待ってここを抜け出し、絵図に示されていた印の意味がなんなのか、探ってまいれ」

「かしこまりました」

「おれたちはどうする」

泰徳が訊くと、左近は声を潜めた。

「絵図を渡したあとのことが心配だ」

「つまり、口を封じられると」

鋭い目を向ける正信に、左近が言った。

「与一が出たあと、密《ひそ》かにここを抜け出し、取り引きを見守る」

「承知」

正信がうなずき、泰徳も顎《あご》を引く。

「小五郎が何かを探ってくれれば、証の品など必要ない。あとは、古城に現れた曲者どもを調べ、黒幕を暴《あば》く。よいな」

左近は、国許に巣食う悪を退治すると誓い、皆に鋭い目を向けた。

五

絵図に示してあった黒石村は、甲府城下から四里（約十六キロメートル）ほど北に向かった、山深いところにある。

夜遅く隠れ家を抜け出した小五郎は、夜明け前に村に着き、名もない小さな沢に沿う道をのぼり、山の奥へ奥へと足を踏み入れた。

昨日の雪は積もることなくやみ、雲の切れ間から朝日が差している。

絵図に偽《いつわ》りがなければ、村からさらに北へのぼったところに、目印の岩山が見えてくるはず。

甲州忍者を束ねる頭目《とうもく》だけのことはあり、小五郎は左近に絵図を見せてもらったほんのわずかなあいだに、道のりと目印の書き込みをすべて頭にたたき込んでいた。

もうすぐ見えてくるはずだと思いつつ、あたりを見回していた小五郎は、ふと立ち止まり、咄嗟に山道からはずれて木陰に潜んだ。

坂の上から馬蹄《ばてい》の音が響き、荷を積んだ馬を引きながら、四人連れの侍がくだってくる。

侍たちは話をするでもなく、黙々と山道をくだってゆく。

木陰から様子を見ていた小五郎は、侍たちが見えなくなると、ふたたび山道をのぼった。

あたりに気を配りながら注意深く進むと、切り立った岩山が見えてきた。そして同時に、山の谷間の木々の中に、小屋が建っているのが見えた。一軒や二軒ではない。山にへばりつくように、何軒もの小屋が建っている。

このような山奥に村はないはずだと思いつつ道からはずれ、山の中を歩いて全体が見渡せる場所を探した。

木々のあいだから煙が上がっているところがあり、そこから離れたところに人影が見えた。

さらに近づくと、山の中に坑道《こうどう》のようなものがあり、斜面に人一人が入れるほどの穴が開いていた。その入口には見張りの侍が立ち、中から石を運び出す者の監視をしている。

「なるほど」

谷を見渡した小五郎はそうつぶやくと、動かぬ証を持ち帰るために、木が生《お》い茂る山肌を音もなく駆け下り、小屋の物陰に潜んで周囲の様子をうかがった。

同じ建物でも、ひときわ警固《けいご》が厳重な場所がある。

その建物の中で何かを燃やしているのか、藁葺き屋根の高窓《たかまど》からは、絶《た》えず煙が上がっていた。

建物の横を見れば、坑道から掘り出されたと思《おぼ》しき石が山積みにされていた。

こうして見ているあいだにも、坑道から天秤棒《てんびんぼう》を担《かつ》いで出てきた人足《にんそく》たちが鉱《こう》石《せき》を運び、決まった場所に積み上げている。

「もたもたするな。急げ」

荷を重そうに担いで歩く初老の人足が、見張りの侍に追い立てられている。

麓《ふもと》の村人が働かされているのか、女の姿もあった。

重い荷を背負わされ、よろよろと歩く女が、見張りの侍の前で力尽き、膝をついた。

「ええい、何をしておる、立て！」

襟首《えりくび》をつかまれて立たされると、鞭《むち》で尻をたたかれた。

「むごいことをしやがる」

顔をしかめた小五郎は、気づかれぬように移動し、積まれている鉱石の近くに行った。

人足が石を積み上げている反対側に潜み、鉱石を拾う。

一見すると黒い石のかたまりだが、日の光に照らすまでもなく、ところどころが金色に輝いている。

小五郎はそれを懐に入れると、長居は無用とばかりに退散した。

木陰や小屋の軒先《のきさき》を利用しながら、人目につかぬよう移動していると、小屋の戸が開け放たれ、中から侍が出てきた。

今まで寝ていたのか、両手を上げて伸びをすると、軒下に潜む小五郎に気づくことなく、持ち場につくために歩み出した。

小さな息を吐いた小五郎は、小屋の前を通り過ぎた。

すると先ほどの侍が、ふと振り向き、走り去る小五郎の姿に気づいて、ぎょっとした。

「逃げたぞ！」

谷に響く大声をあげた。

「逃がすな！　追え！」

人足が脱走したと思ったらしい。

逃がしてなるものかと騒然となり、すぐに追っ手がついた。

馬も引き出され、弓や鉄砲を持った侍が飛び乗ると、傾斜《けいしゃ》のきつい道で巧《たく》みに手綱《たづな》を操《あやつ》り、疾走《しっそう》させた。

先頭の騎馬武者が矢を放ち、走る小五郎の顔をかすめるように飛び抜け、前方の木に刺さった。

鉄砲の轟音《ごうおん》が響き、撃ち抜かれた小枝が落ちてくる。

土を蹴る馬蹄の音が背後に迫ってくるが、小五郎は振り向きもせず、機敏に山道を駆け上がった。

もうすぐ坂をのぼりきるという時、右前方の木陰から、つと人が出てきた。

出てくるなり抜刀し、

「むん！」

小五郎の背を矢で射抜《いぬ》こうとしていた馬上の侍の足を切断し、くるりと身を転じて、後ろの騎馬武者の胴を払った。

二人の騎馬武者が呻き声をあげて落馬すると、

「馬に乗れ！」

黒塗りの編笠《あみがさ》を被《かぶ》った侍が小五郎に叫ぶや、自らも馬に飛び乗り、山道を疾走した。

小五郎も馬に飛び乗り、侍のあとに続いた。

背後に迫る騎馬武者はおらず、しばらくくだったところで、前を走る侍が馬の速度をゆるめた。

小五郎が隣に並び、

「危ういところを助けていただき、かたじけない」

礼を言いつつ、男を警戒している。

「江戸の水で腕が鈍《にぶ》っておるようだな」

「何？」

小五郎は、はっと目を見開いた。

「伊蔵《いぞう》？　なのか」

「ふん、今頃気づいたか」

侍は編笠を上げて顔を見せると、唇に不敵な笑みを浮かべた。

小五郎にとって伊蔵は、幼《おさな》い頃から共に修行を重ねた好敵手であり、友である。

小五郎が甲州忍者の頭目になってからは、修行の旅に出ると言って、里を出ていた。

数年ぶりの再会だが、小五郎は、この山で出会ったことは、偶然とは思えなかった。

「戻っていたのか」

「うむ」

「誰に仕《つか》えている」

「岡部定直様だ」

「附家老に？」

小五郎は、目を細めた。

「では、附家老の命でここを探っていたのか」

「妙なことが起きてな」

「うむ？」

「郡奉行が殺され、初めはその下手人を探索していたのだが、昨日になって、ここを探れと命じられたのだ。先日、夜中にご家老を訪ねた者がおると聞いたのだが、ご家老は何も教えてくれぬ。前々から、郡奉行はこの山の秘密を暴こうとしていたらしいが」

小五郎が黙っていると、

「それより小五郎こそ、何ゆえあそこを探っていた。誰に頼まれたのだ」

小五郎は答えず、笑みを浮かべている。

「まあいい、おおかたの察しはつく。ことがすめば、故郷の里に顔を出してやれ。皆が喜ぶ」

伊蔵はそれだけ言うと、馬の腹を蹴って走らせ、山道をくだっていった。

伊蔵を見送った小五郎は、馬を止めた。

家老の岡部定直は、家綱《いえつな》公の命で幕府から送られた附家老だ。

今は左近にかわって城を守っているが、元々は、甲府藩を見張る目付《めつけ》であった。藩に重大な不正があると知れば、迷わず公儀に知らせるだろう。

そうなれば、親藩といえども厳しい沙汰《さた》は免《まぬが》れぬ。

「これは、まずいことになった」

小五郎の背中に、冷たい汗が流れた。と同時に、岡部にこの場所を知らせたのが誰なのかが気になった。

何者であろうかと警戒したが、伊蔵が助けてくれなければ、今頃自分はどうなっていたことか。

小五郎は、安堵とも嘆息《たんそく》とも言えぬ息を吐き、山の秘密を左近に知らせるべく、ふたたび馬を走らせた。

六

その頃、与一は家族を救うべく、隠れ家を出ようとしていた。

妻子の命にはかえられぬと、清江が渡してくれた帳面と絵図を懐にしまい、目に涙を溜《た》めて深々と頭を下げた。

「お嬢様、申しわけございません」

「やはり一人で行かせるのは心配です。何か手立てはないものでしょうか」

清江が左近を頼ったが、

「人を連れていけば、妻子の命はございません。どうか一人で行かせてください」

与一は断り、逃げるように出ていった。

「泰徳」

「おう」

左近と泰徳は、古城に先回りするべく、太刀《たち》を腰に落として隠れ家を出ようとした。

「待て」

止めたのは、泰徳だ。

「様子が変だぞ」

「うむ」

この時にはもう、左近も気づいている。

隠れ家の裏手に、異様な気配が迫っていた。

左近は清江を下がらせ、裏庭に通じる障子を引き開けた。

冷たい風がさっと吹き込み、竹が風にしなって、竹藪《たけやぶ》がざわついている。

その竹藪にじっと目をこらすと、何かが動いた。そう思った刹那《せつな》、竹藪の奥から黒装束《くろしょうぞく》に身を包んだ曲者が走り出てきて、一斉に抜刀した。

泰徳が表の障子を開けると、庭にも曲者が迫っている。

「どうやら囲まれたようだ」

厳しい状況にもかかわらず、泰徳の声ははずんでいるように聞こえた。

前後合わせて、敵は十人以上いる。

一見すると忍びのようだが、構えからして、侍だというのがすぐにわかる。

「斬れ」

この一言で、曲者が一斉に身構え、気合声を発してかかってきた。

裏手を守る左近は、曲者が刀を打ち下ろす前に宝刀安綱を抜刀し、一閃した。

裏庭の曲者を睨む左近の後ろで呻き声をあげた曲者が、頭から倒れ伏した。

一撃で倒された仲間と、左近の凄《すさ》まじき剣を目の当《ま》たりにした曲者が怯む。

「下がるな。前へ出よ！」

頭目らしき者が怒鳴ると、目の前にいる者の背中を押した。
二、三歩前に出た曲者が、刀を構えた。
「おりゃあ！」

大上段に振り上げた刀が素早く打ち下ろされるのを、左近は下から擦《す》り上げ、返す刀で肩を斬った。

そのまま外に飛び出し、慌てて斬りかかる敵に切っ先を向けて足を止め、頭目の男を睨みつける。

横から斬りつけようとしていた頭目が、うっと息を呑んで跳びすさり、次の瞬間には、正面の曲者が切っ先を向けて突いてきた。

左近は、胸に迫る切っ先を紙一重でかわし、安綱を素早く振るって曲者の背中を斬った。

「ぎゃあぁ」

断末魔の悲鳴をあげる曲者には目もくれず、頭目に切っ先を向ける。

「おのれ！」

追い詰められた頭目が挑《いど》んできたが、袈裟懸けに斬り下ろされた刃をかわし、右の手首を切断した。

呻き声をあげて手首を押さえた頭目は、信じられぬという目を左近に向けていたが、配下の者に両脇を支えられ、後ろに連れ戻された。

左近の背後では、表から突っ込もうとした曲者を泰徳が斬り、正信は清江を守っている。

「泰徳、逃がすでないぞ」

「もとより承知じゃ」

左近と泰徳は言葉を交《か》わし、前に出た。

左近は、一斉にかかってきた曲者の刃をかい潜り、斬り倒した。

ただ一人残された頭目は、血が流れる手首を押さえて、左近を睨んだ。

「国家老、奥安盛清の差し金か。正直に申せば、命は助ける」

左近が言うと、頭目が睨んだまま口を開く。

「貴様、何者だ」

「清江殿の用心棒、と申しておこう」

「ふん」

曲者は鼻で笑い、左手で脇差を抜いて己の喉《のど》を突こうとした。

左近が投げた小柄《こづか》が手首に刺さり、頭目が脇差を落とした。

「くっ」

頭目が目を見張ったその刹那、竹藪に銃声が轟《とどろ》き、頭目の胸が撃ち抜かれた。

即死である。

左近が目を向けると、竹藪に潜んでいた者が、背を返して逃げていった。

あとを追って竹藪に入った左近の耳に、馬の鳴き声と馬蹄の音が聞こえた。

覆面をした曲者が馬を走らせ、甲府の城下に向かって逃げていく。

あきらめて隠れ家に戻ると、残りの曲者は逃げ去り、泰徳と正信が裏庭に出ていた。

「無事か」

泰徳が訊くのにうなずき、

「だが、逃げられた。与一殿が心配だ」

「古城に急ごう」

「よし」

左近は正信と清江を残し、泰徳と二人で古城へ急いだ。

空き家を横目に堀を回って古城の表側に行くと、丸太橋を見張る者がいないのを確認して走った。

橋を渡り、石段を駆けのぼったが、そこには誰もいない。

「しまった。遅かったか」

左近が言うと、

「与一も連れていかれたに違いない」

泰徳が焦《あせ》り、石段の上に戻って、城下を見渡した。

堀の対岸に馬蹄の音が響き、泰徳が左近に振り向いた。

「左近！　小五郎殿が戻ったぞ」

左近が行くと、橋の前に小五郎が止まり、馬から下りて片膝をついた。

「何かわかったか」

「これを」

小五郎が懐から出した物を受け取り、左近は眉をひそめた。

「金《きん》か」

「隠し金山がございます」

「何」

「蔵里殿が開墾をしようとした村に近く、なんらかのかたちで、隠し金山を見つけたのではないでしょうか」

「金山は、どこにある」

「黒石村の北。絵図に示されていた山にございます」

「おのれ、金山を隠すために、民のために励《はげ》んでいた郡奉行を暗殺したか」

左近は城下を睨み、拳《こぶし》をにぎりしめた。

「すでに、岡部様も金山の存在に気づかれております」

「ならば話が早い。与一が心配だ。今すぐ城にまいるぞ」

「はは」

「泰徳、すまぬが、正信と清江殿を城へ連れてきてくれぬか」

「承知した」

馬で行かせると、左近と小五郎は、甲府城に向かって坂を駆け下りた。

七

甲府城曲輪内の奥安邸では、人払いがされた部屋の中に屏風《びようぶ》の囲いが作られ、その中で三人の男が顔を突き合わせ、ひそひそと話している。

「これさえ手に入れれば、ひと安心じゃ」

奥安盛清が顔を歪めて笑い、絵図と帳面を引きちぎって、火鉢の炭で燃やした。

「しかし殿、先ほど早馬が到着し、金山に忍び込んだ曲者を取り逃がしたそうです」

「三木様、それはまことで。まさか、江戸から来た者では」

「なぁに、慌てることはない……」

奥安が二人に顔を向けた。

「……坑道を跡形もなく潰せば、誰もわしを咎《とが》められぬ。明日の朝、最後の荷を運び出したあとは、人足どもを坑道に閉じ込め、すべて爆破することになっておろう」

「はは、手はずは整えてございます」

三木が頭を下げながら言うと、

「まだ油断はできませんぞ。清江の始末が残っております」

男が焦りの色を浮かべて言う。

すると、三木が舌打ちをした。

「与一、隠れ家にいた者どもは、何者だ。手練《てだれ》揃いであったのだぞ」

「旅の浪人者がたまたま古城に行き、潜んでいた清江を助けたのですよ」

「何ゆえ追い出さなかったのだ」

「清江の力になるなどとぬかして、居座っておるのです」

「ええい、邪魔な」

膝をたたいて悔しがる三木に、

「もはや、捨て置け」

奥安が鷹揚《おうよう》に言い放ち、落ち着かせた。

「よいか三木、蔵里はな、上岩森村の件に関わっていた罪を逃れようとしたゆえ、わしが成敗したのだ。罪人の小娘一人が騒いだところで、なんになろうか」

奥安が帳面の火を見つめながら言うと、三木がじろりと目を向け、背中を丸めている与一を睨んだ。

「三木様、そのような怖い顔をされなくとも、心得ております。旦那様が上岩森村の代官から賄賂《わいろ》を受け取っていたと、嘘の証言をすればよろしいのでしょう」

「わかっておるならばよい」

「そのかわり、殿様。例のお約束、何とぞ」

「うむ。ほとぼりが冷めたあかつきには、そちを二百石で召し抱えてやる。当面はこれで、妻子によい思いをさせてやれ」

五十両の包金《つつみがね》を受け取る与一は、金に目がくらみ、奥安の誘いに応じて、長年仕えたあるじを裏切っていたのだ。

「これはどうも、遠慮なく頂戴《ちょうだい》いたします」

押しいただくようにして懐に納《おさ》めたあと、与一が続ける。

「殿様、それがしは帳面と絵図を手に入れるために、このような顔になるまで殴られました」

「何が言いたい」

「はい。その褒美《ほうび》に、一度そのお宝を拝《おが》ませていただきたいのですが」

よほど興味があるのか、与一は手を合わせて乞《こ》うた。

奥安が睨むようにして笑みを浮かべ、屋敷の奥にある金蔵へ連れていった。

鍵を開けて中に入ると、三木が手燭《てしょく》の火を壁の行灯《あんどん》に移した。

積み上げられた木箱のうちのひとつを開けると、隠し金山から産出した黄金の延棒《のべぼう》がぎっしりと詰め込まれている。

与一は目を見張り、唾《つば》を吞み込んだ。

「こ、こ、この箱の中身が全部金ですか」

「ざっと、二万両にはなろう。明日の朝には、残りの三万両分が届く。財の力で筆頭家老の座を我が物とすれば、甲府は思いのままじゃ」

「金が金を呼ぶということですな」

「そういうことじゃ」

奥安が、嬉しげに笑った。

その時、外がにわかに騒がしくなった。

「何ごとじゃ」

奥安が言うと、三木がすぐに飛び出し、

「おっ！」

脇差に手をかけて身構えた。

「貴様は――」

目を見張った三木を見て、草鞋《わらじ》のまま廊下を歩んでいた左近は、鋭い目を向けて立ち止まった。左近の後ろにいる泰徳は、集まってくる家来たちに警戒の目を向けている。

家来たちは、左近と泰徳の剣気に押されて、手を出せないまま、庭と座敷に分かれて取り囲む。

脇差に手をかけている三木の顔を見据《みす》えた左近は、目に見覚えがあると気づいた。

「おれの顔を知っておろう」

左近が言うと、

「さて、なんのことやら」

三木は不敵な笑みを浮かべ、

「ここを、甲府藩国家老の屋敷と知っての狼藉《ろうぜき》か」

居丈高《いたけだか》に言い放ち、威圧した。

だが……。

「その奥安に会いに来たのだ。呼んでまいれ」

左近の口調に、三木が息を呑んだ。

「何をしておる。早う呼べ」

「おのれ、浪人の分際でほざきおったな」

配下の者が三木に近寄り、刀を渡した。

「家老の屋敷で狼藉を働くとどうなるか、覚悟はできておろうな」

三木が刀を抜くと、家来たちも一斉に抜刀した。

これを見て、蔵から中年の侍が出てきた。よさそうな生地《きじ》の着物を着た侍は、数年前に会《お》うた時と同じ目つきをしている。

「何者だ、貴様」

浪人姿の左近を見くだし、醜《みにく》い顔つきで言うと、三木が耳打ちをした。

「貴様か、我らの邪魔をしたのは」

「与一をどこにやった」

「ふん、ここにおるわ」

奥安が言うと、ふてぶてしい笑みを浮かべた与一が、蔵から出てきた。

左近が驚いて目を見開いた。

「貴様、清江殿を騙《だま》しておったのか」

「蔵里外記は罪人だ。罪人の娘が逃げぬよう、見張っておったのよ」

「ふん。そのようなごまかしが通ると思うな。絵図と帳面を手に入れるためであろう」

「絵図と帳面？　そのような物、見たことも聞いたこともないわ」

与一がとぼけ、奥安と三木が鼻で笑った。

「貴様がいかにとぼけようとも、絵図と帳面はおれがこの目で見ている。そしてこれが、動かぬ証」

左近は懐から石を出し、奥安に投げつけた。

床に転がる金の鉱石を見下ろし、奥安が一瞬ぎょっとしたが、すぐにあざ笑うような顔になる。

「わざわざ言いに来るとは、とんだ間抜けよの。明日にはすべての証が消え失《う》せる。あとは、貴様らを始末すればよいだけじゃ」

「そううまくことが運ぶと思うな、愚か者《おろもの》め」

「何ぃ」

「金山には、岡部の手の者が向かっておる。あきらめて神妙にいたせ」

「附家老を呼び捨てにするとは、貴様はいったい……」

「まだわからぬか、奥安」

言われて、左近をまじまじと見据えた奥安が、みるみる顔を青ざめさせた。

「ま、まさか」

「殿、斬りましょうぞ」

三木が前に出たが、奥安が止めた。

「と、殿じゃ」

「はあ？」

「たわけ！　綱豊様じゃ！」

奥安が叫ぶと、三木が愕然《がくぜん》とし、家来たちが騒然となった。

「ご、ご無礼を！」

奥安が庭に下りて、地べたに這《は》いつくばるように頭を下げた。

すると、家来たちは刀を後ろに隠し、一斉に平伏《へいふく》した。

「奥安」

「はは！」

「貴様の所業、決して許さぬ。沙汰するまで、閉門蟄居《へいもんちっきょ》を命じる。よいな」

「は、ははぁ」

「その二人も同罪じゃ。覚悟いたせ」

三木と与一は、しまった、という顔をして、唇を噛《か》みながら頭を下げた。

左近は泰徳を促《うなが》し、背を返して屋敷を出ようとした。

「おのれ」

唸るような声を発した三木が、刀をにぎって左近に斬りかかった。

背中を袈裟懸けに斬ろうとしたその時、左近は身を転じ、抜刀した安綱を横に一閃した。

胴を斬られた三木は、打ち下ろした刀の切っ先を地面に向けたまま目を見張り、呻き声もあげることなく、顔から突っ伏した。

左近は、安綱の切っ先を奥安に向け、怒りに満ちた目で睨んでいる。

奥安家の家中で一番の遣《つか》い手《て》を、一刀のもとに倒した剛剣を目の当たりにして、奥安と与一は悲鳴をあげて後ずさり、地面に額をつけた。

八

後日、奥安家はお家断絶。盛清は岡部家お預けの身になり、夏を待たずして切腹した。

与一も同じく、夏を前に切腹して果て、妻子は実家に送り返されることになった。だが、罪人の夫と父を持つ妻子は肩身が狭い思いをすることとなり、一年もしないうちに家を飛び出し、行方知れずとなった。

清江は岡部家の侍女《じじょ》として奉公が決まり、その後、しかるべき家筋から婿《むこ》養子を迎えてお家の存続がなされるが、これらは、まだ先のことである。

奥安家から戻った左近は、泰徳を伴《ともな》って城に入り、岡部をはじめとする重臣たちとの合議によって、奥安と与一の処罰を決めた。

その席に、新見正信の姿はなかった。

附家老の岡部定直に絵図の存在を教えたのは、他ならぬ正信であった。

正信は蔵里からの密書で奥安の不正に気づき、新田開発の名目で、蔵里に密かに探らせていたことを白状した。そして正信は岡部に、藩政から身を退《ひ》くことを約束し、公儀には知らせぬよう頼んだのだ。

正信をよく思わぬ重臣からは、金山を隠し、私腹を肥《こ》やすような人物を家老に推挙した罪は軽くない、として、

――新見正信を断罪すべし。

との声があがった。

左近は決断を迫られたが、もちろん正信に罪はない。

だが、岡部は、

「新見殿がこのままというのは、藩のためにようござらぬ」

家臣一同に示しがつかぬとばかりに、無言の圧力をかけていた。

「ごめん」

下座に家来が現れ、

「新見正信殿がまいられました」

と、なぜか声を震わせながら言った。

「通せ」

「はは」

左近が命じると、程なくして正信が姿を現した。

その光景に左近は息を呑み、上段の間から駆け寄った。

朦朧としてふらついた正信の身体を素早く支えたのは、廊下に控えていた若侍だ。

裃《かみしも》を着けた正信は、青い顔をして、腹を押さえていた。その手には、血がにじんでいる。

「陰腹《かげばら》を切ったな、正信!」

左近の言葉に、皆が騒然とした。

若侍がそっと正信の手をのけて、傷を押さえている。

「と、殿、こたびのこと、すべての責任はそれがしにござる。皺腹《しわばら》で申しわけござらぬが、命をもって、お詫び申し上げます」

「たわけ」

左近は、悲痛な声を吐き捨てた。

正信は若侍の手を離し、居並ぶ重臣に向かって両手をついた。

「岡部殿、殿にはなんの罪もござらぬ。天下のため、殿に忠義を尽くされよ」

「も、もとより、そのつもりじゃ。ご公儀に言うつもりなど、はなからなかったのだ」

「では……」

「誰か！　医者を呼べ！」

「岡部殿」

「わしはすでに、甲府徳川家の家臣じゃ。殿のためなら、ご公儀を敵に回してもよいと思うておる。ここにいる皆も、こころはひとつじゃ。そうであろう」

岡部の言葉に、一同がうなずいた。

「それを聞いて、安心いたした」

「早う医者を呼べ！」

岡部が怒鳴ると、遠くで家来が応じる声がした。

「この老骨《ろうこつ》のために、医者など呼ばなくてもよい」

「新見殿のためではない。殿のためじゃ」

「うむ?」

「ここでおぬしが死ねば、殿が悲しまれる」

岡部が眉間《みけん》に皺を寄せながら言うと、

「うふ、はは」

正信は、腹の痛みに顔をしかめながら笑った。

「何がおかしい」

「これで、思い残すことはござらん」

「正信……」

左近が、まだ早いと言いかけたのを、正信が目顔で止めた。

「岡部殿」

「うむ?」

「前にも話したとおり、殿に、ふさわしき側近を、頼む」

「そのことなら、承知しておる。殿、これにおります者を、江戸屋敷にお連れください」

先ほど正信を支えた若侍が、居住まいを正して頭を下げた。

「間鍋詮房にございます」

精悍《せいかん》な目つきをした、利発《りはつ》そうな顔立ちの若侍は、この時はまだ十七歳で、苗字も間鍋であったが、のちの幕府御側御用人《おそばごようにん》、間部越前守詮房《まなべえちぜんのかみあきふさ》のことだ。

　ここにいる皆が、将来のことを知る由《よし》もないが、若侍を改めて見た正信は、満足げにうなずいた。

「殿、この者なら、役に立ちましょうぞ」

「余は聞いておらぬぞ」

　左近が抗《あらが》った。

「殿、天下のためにござる。よき家来と共に、これまで以上に、江戸で暴れなされ」

「正信、何を申すか」

「正信の最後の願いでござる。お聞き入れくだされ」

「もうしゃべるな。傷に響く」

　左近は身体を気遣ったが、正信は懇願《こんがん》した。

「何とぞ、お聞き入れを」

「あいわかった。ただし正信、この者はまだ若い。そちが後見するなら、余の家来といたす」

「ひとつ提案がござる」

岡部が口を挟んだ。

「新見殿がしばらくこの甲府にとどまり、間鍋をみっちり鍛え上げたあとに、江戸に行かせるというのはいかがか」

左近は、岡部の意図がすぐにわかった。

岡部は、左近と同じく、正信がこのまま自害して果てると案じているに違いない。そのため、生き甲斐《がい》を持たせようとしているのだ。

「それならば、この者をそばに置くことを許す」

左近の言葉を聞いた正信は、安堵の息を吐き、岡部に顔を向けて微笑《ほほえ》んだ。

「岡部殿」

「うむ？」

「医者は、まだかの」

第三話　陽炎《かげろう》の宿《しゅく》

一

「お前さん、知っていなさるかね」

「何をだい」

「鶴川《つるかわ》の宿場のことさ」

「ああ、それなら、聞いたことがある」

「どうなさるね。寄らずに、次の宿場まで行きなさるかい」

「大丈夫さ。あれは去年の夏の話だろう。今は春だ。川留《かわどめ》がないから、安心だよ」

「そうかね。じゃあ泊まってもいいだろうか」

「なんだい。おめぇさん、ずいぶんこだわっていなさるね」

「いやね、近頃は、いい女がいるらしいと聞いたのでね」

「ふぅん、そうなのかい。そいつはいいや。おれも泊まろう」

床几《しょうぎ》を分け合っている旅の商人の会話である。

男たちは勘定《かんじょう》を置くと、荷物を背負い、飯屋をあとにした。

国許《くにもと》の仕置きを終えた新見左近は、養父、新見正信の傷が癒《い》えつつあるのを見届けて、江戸に出立《しゅったつ》した。

剣友の岩城泰徳と、家来の吉田小五郎と共に甲府城を発《た》ち、往路とは違って、甲州街道をゆっくり帰ることに決めて、昨日は、静かな白野《しらの》の宿で一泊している。

風は冷たいが雪に降られることもなく、蕾《つぼみ》が膨《ふく》らみはじめた梅の木を眺《なが》めながら、のどかな山道を歩んでいた。

そして、昼時を過ぎて立ち寄った飯屋で、隣に座っていた旅の商人の話を耳にしたのである。

宿場の旅籠《はたご》には、客の世話をする仲居がいるのだが、中には、金次第で身体を売る女がいる。いわゆる私娼《ししょう》なのだが、一般には飯盛女《めしもりおんな》として名が通っており、公儀も黙認していた。

先ほどの商人が、いい女がいると言ったのは、この飯盛女のことである。

立ち去る商人の背中を見送っている泰徳には興味深い話であったろうが、左近の興味は別なところに向いていた。

「先ほどの二人は、何を案じていたのだろうか」

江戸で数々の事件を解決してきた左近だけに、二人の会話から、鶴川の宿場に潜《ひそ》む何かを、無意識のうちに感じていたのだ。

そしてその何かは、二刻（約四時間）後にかたちとなった。

日が西に傾《かたむ》き、山々の稜線《りょうせん》が闇に溶け込もうとする頃に、左近たちは鶴川の宿場に今夜の宿を求めて到着したのだが、ひどい混雑ぶりに顔を見合わせた。

「初めて来たが、こんなに栄えているのか」

泰徳が訊《き》いたが、小五郎は首をかしげた。

「いえ、以前来た時は、静かな宿場でした」

宿場の通りを歩いていると、先ほど飯屋にいた二人組の商人が血相を変えて、来た道を引き返していった。

旅籠が空いていないのか、ひとつ手前の宿場に戻る相談をしているのが聞き取れる。

この刻限になっても引き込みの者がいないところを見ると、どうやら旅籠は客でいっぱいのようだ。

昼間は晴れていたが、夜が近づくにつれ冷え込んできて、とうとう雪の花が舞いはじめた。

あふれた旅人がしかめた顔を空に向けて、納戸《なんど》でもいいから泊めてくれるよう、旅籠の者に頼んでいる。

「殿、本陣《ほんじん》にかけ合ってまいりましょうか」

小五郎が言ったが、左近は断った。甲府藩主ではなく、浪人、新見左近として旅をしたいと思っていたからだ。

「では、ここはあきらめて、ひとつ先の宿場まで行きますか。宵《よい》の口《くち》までには、着けると思いますので」

「うむ、そういたそう」

話は決まり、鶴川を渡りに河岸《かし》へ向かったのだが、いざ着いてみると、川留の札が立っていた。

足止めされて困っている者に訊くと、

「どうもこうも、この流れですよ」

眉《まゆ》をひそめて答える。

季節はずれの長雨があり、雪解け水が混ざって水嵩《みずかさ》が増して、冬場にかけられていた板の橋が流されてしまったという。

「この流れの速さでは、歩いては渡れぬな」

左近が言うと、

「三日は無理のようですよ」

男はあきらめ顔で言い、宿を探しに行った。

水嵩が増し、しかも氷のように冷たい水だ。深みに嵌《は》まって流されたら、命はない。

「殿、この近くに村があります。そこで宿を探してきますので、酒でも召し上がりながらお待ちください」

小五郎が言うと、泰徳がそうしようと誘った。

左近と泰徳は宿場の煮売り屋で待つことにして、一旦小五郎と別れた。

煮売り屋の暖簾《のれん》を潜《くぐ》ると、旅籠に泊まれぬ客たちが集まり、大にぎわいとなっている。

忙しく働く小女《こおんな》に空いているところに勝手に座れと無愛想《ぶあいそう》に言われて、左近は泰徳と苦笑いしながら、風が吹き込む入口のそばの長床几《ながしようぎ》に座った。

「熱燗《あつかん》でいいかね、お侍さん」

それしか出せないという顔をして小女が訊いたので、

「熱めのを二つ頼む」

泰徳が注文した。

忙しそうなので待たされると思いきや、とんぼ返りで持ってきた。

あらかじめ温めてあるのだろうと思い、左近がちろりの口を泰徳に向けた。

互いに注いで、杯《さかずき》に口をつけると、

「ぬるい」

泰徳が顔をしかめた。

ぬるいというより、ほとんど冷酒《ひやざけ》だ。

湯に入れたばかりのちろりを上げてきたに違いないが、

「仕方なかろう」

左近が言い、そのまま飲んだ。

冷酒でも、腹に収まれば臓腑《ぞうふ》が熱くなり、身体がぬくもってくる。

小女を呼んで、

「これと同じ酒を、持ち帰りたいのだが」

左近が頼んで徳利《とくり》に詰めさせた。

ちろりの酒をゆっくりと飲み、空になった頃に、小五郎が暖簾を潜った。

編笠《あみがさ》には、雪がついている。

「お待たせしました。ここからすぐですので、まいりましょう」

「うむ」

左近は勘定を置くと声をかけて、煮売り屋から出た。

すっかり日が暮れていたが、旅籠の軒行灯《のきあんどん》が通りを明るく照らしている。

その通りを甲府のほうへ戻って、途中で右へ曲がった。

ひとつ通りをはずれると、途端に暗くなる。

小五郎が用意していたぶらぢょうちんの明かりを頼りに進み、宿場からはずれると、ちょうちんの明かりの先には、漆黒《しっこく》の闇が広がっていた。

細い道をしばらく進むと、小五郎が立ち止まり、

「こちらです」

言われて初めて、百姓家があることに気づいた。

雨戸を閉《た》てているため、家の中の明かりが見えず、家は闇の中に溶け込んでいたのだ。

小五郎が入口の戸をたたくと、すぐに中年の女が顔をのぞかせた。

――およね殿の少し上くらいか。

左近は懐かしい思いで見ながら、

「一晩、世話になる」

と頭を下げた。

旅の浪人姿とはいえ、侍が頭を下げたのに驚いたのか、女が慌《あわ》てて入るよう促《うなが》した。

「ささ、中へどうぞ。なぁんにもねぇけど」

左近は女に、土産《みやげ》の酒徳利《さかどくり》を渡した。

「お前さん、酒もらったよ」

女が言うと、藁縄《わらなわ》を綯《よ》っていた亭主がにんまりと笑って、ぺこりと頭を下げた。

「上がって、温まりなせぇ。ほれ、大根も煮えとるよ」

「かたじけない」

左近たちが板の間に上がると、女房が煮物をよそってくれた。

代々この村の土地を耕《たがや》していると言う夫婦は、夫が二平《にへい》、女房はおよしという。

年が明けて、共に四十になったという夫婦には、十七になる一人娘がいるそうだが、

「宿場名主《しゆくばなぬし》の家に、住み込み奉公に出ているのですがね」

夏には名主の跡取り息子のもとへ嫁《とつ》ぐことが決まっており、百姓は二平の代で終わりだと言った。

嬉しそうに酒を飲む二平が、ふと表情を曇らせた。

左近はその急な変わりぶりを見逃さなかったが、娘を嫁がせる寂しさのせいだろうと思い、何も訊かずに酒をすすめた。

ああ、すまねぇ、と恐縮した亭主が、思い出したように顔を上げた。

「ところで、旅籠がいっぱいで泊まれなかったと言いなすったな」

「川が留《と》められてな」

「川が？　そりゃまた、どうして」

「長雨のせいで、橋がなくなったらしい」

そう言うと、夫婦が驚き顔を見合わせた。およしの口に当てた手が震えている。

「お前さん……」

「奴らが来なけりゃいいが」

夫婦の様子を見て、泰徳が箸《はし》を止めた。

「奴らとは、誰のことだ」

「陽炎《かげろう》一味のことですよう」

　およしが不安げに言う。

「陽炎？」

「去年の夏から、川留になるたびに、宿場で悪さをする盗賊がいるんですよう」

　鶴川が雨で増水すると、たいてい二日三日は川留になるのだが、そのあいだに宿場は旅人でいっぱいになる。

　そこを狙って盗賊が現れ、旅人から有り金を巻き上げていくのだという。

「娘が言うには、それはもうひどいありさまで、中には、妻や娘を連れ去られた旅のお方もいるとかで、むごいことをするらしいので」

「宿場役人は何をしているのだ」

　泰徳が訊くと、

「いやぁ」

　役に立たないと、二平は顔をしかめて手を振った。

　盗賊の人数が多いので役人も恐れてしまい、いつも盗賊が去ってから姿を現すらしい。

　狙うのは旅人ばかりで宿場の者には手を出さないので、被害を受けた旅人が訴えても、のらりくらりとして、捕まえようとしないのだという。

旅人はそこにとどまることもできず、泣き寝入りをするかたちで、宿場をあとにするのだ。

「妻や娘を攫《さら》われた者も、あきらめているのか」

泰徳が憤慨して言うと、

「旅籠の者が金を用立てたり、泊めてやったりしていますが、役人が本気で捜さないものだから、そのうちあきらめてしまうのですよ。ここしばらくは出なくなっていたのに、川留を嗅《か》ぎつけて、戻ってこなければいいが」

二平が心配そうに言い、嘆息《たんそく》した。

宿場は、とても盗賊の心配をしているような雰囲気ではなかった。旅人しか狙われないので、宿場の連中は恐れてはいないのかもしれぬ。

噂《うわさ》を知らぬ者は、ためらうことなく旅籠に泊まるであろう。

そこまで考えて旅人しか狙わぬのならば、盗賊の頭目《とうもく》は、かなりずる賢い。

「川留になって、何日になるんだろうか」

二平が訊いた。

「さて、それはわからぬな」

左近が答えると、

「旅籠がいっぱいになっているなら、今夜あたり危ないなぁ」

二平が言うには、盗賊はすぐに現れるのではなく、宿場に旅人がある程度集まってから現れるらしい。

「そのほうが、稼げるということか」

泰徳が忌々《いまいま》しげに、右の拳《こぶし》で左手をたたいた。

左近は黙って、宝刀安綱をにぎった。

「ゆくのか」

そう言った泰徳も刀をにぎると、

「とと、とんでもねぇ」

およしが慌てて止めた。

「相手は大人数だ。二人で敵《かな》う相手じゃないよう」

「そうだとも。とんでもねぇことだ」

二平も止めたが、

「大根の煮物、旨《うま》かったぞ」

左近は礼を言って、百姓家から出かけようとした。

「どうしても行きなさるか」

訊く二平に、左近が笑みで答えると、

「それなら、わしが宿場名主の家に案内しよう。あそこなら、泊めてくださるから」

二平が茶碗の酒を飲み干して、案内に立った。

二

宿場名主、江左衛門《えざえもん》の屋敷は、宿場の通りから少し離れた丘の上にあった。

「江左衛門さん、そういうことで、案内してきたんだが」

二平から話を聞いた江左衛門は、

「そうですか。それは奇特《きとく》なお方だ」

左近たちに、心配そうな目を向けた。

「ここは宿場の通りから離れているので、やはりどこか、適当な旅籠を世話してくれぬか」

左近が言うと、

「何かあれば、すぐ知らせが来るようになっておりますから、ここにいなさるといい」

江左衛門が言い、中に誘い入れた。

「二平さんも、お好《こう》に会っていくといい」

「いや、わしは……」

「何を言うかね。もうすぐ親戚になるのだから、遠慮しなさんな」

気さくに声をかけて手を引き、恐縮する二平を座敷に上げた。

左近と泰徳も座敷に上がり、小五郎は左近に目配せをして、宿場の様子を見に行こうとしたのだが、

「お供の方も、ささ、どうぞ」

腕をつかまれたので、左近がうなずき、共に入った。

広い座敷に通され、何をするでもなく座っていると、江左衛門が酒肴《しゅこう》の用意をしてくれた。

膳《ぜん》を持ってきた若い娘は、二平をちらりと見て、照れたような笑みを向けている。

二平は、美しい娘が自慢なのだろう。

嬉しそうな顔をして、左近の前に膳を置く娘のことを見守っていたが、

「これが、娘です」

左近と泰徳に紹介した。

娘は三《み》つ指《ゆび》をついて、

「好です」

と、にこやかに頭を下げた。

「嫁入り前の娘は、美しいものだ」

泰徳は妻の顔を忘れたのか、鼻の下を伸ばして言う。

お好は目を伏せ気味にして恥ずかしがり、

「おとっつぁんも、どうぞ」

と言って、父親に酌《しやく》をした。

息子の俊吉《しゆんきち》だと名乗り、若い男があいさつに来た。

左近たちに頭を下げる顔には、なんの不安も感じられず、

「どうぞ、川留が解けるまでゆるりとしてください」

ここにいれば安心だとばかりに、にこやかに言う。

表が騒がしくなったのは、それから一刻（約二時間）が過ぎた頃だった。

「名主様、名主様！」

声と共に、戸をたたく者がいる。

下男が戸を開けると、男が土間になだれ込むようにして入ってきて、迎えた江左衛門を見上げた。

「き、来ました。陽炎の一味が」

額《ひたい》に汗をにじませて、息を呑《の》みながら知らせた。

江左衛門が訊く。

「どこにいる」

「煮売り屋で、侍に絡んでいます」

「よし、お前はこの足で崎守《さきもり》様に知らせてくれ」

「はい」

知らせてきた男は、下男が差し出した柄杓《ひしやく》の水を一杯飲んで、夜道に駆け出した。

江左衛門は外出の支度を整え、下男を連れて屋敷を出た。

左近たちも険しい顔で、江左衛門に従った。

その頃宿場では、男のわめき声が響き渡り、人だかりができていた。

「貴様、無礼を申すと承知せぬぞ」

飯田藩《いいだはん》の家来だと名乗った侍が怒鳴った。

二人の侍が煮売り屋の前で対峙《たいじ》しているのは、獣《けもの》の毛皮を肩にかけ、ぼろ布をまとった男たちだ。

歯を食いしばり、緊張した面持《おもも》ちの侍に対し、ならず者の二人は、にやにやと薄ら笑いを浮かべている。

一人は大太刀《おおだち》を肩に載せ、もう一人は、短い槍《やり》を片手に提《さ》げていた。

「わからん奴よのう。命が惜しかったら、腰の物と、有り金全部よこせと言うておろう」

「おのれ」

侍の一人が抜刀《ばっとう》すると、もう一人も刀を抜いた。

「抜けい！」

侍が叫ぶと、槍を持ったほうが前に出ようとしたのを、大太刀の男が止めた。

「わしの獲物じゃ」

汚れた顔をにやりとさせて、前に出た。

侍は、構えるなり気合声を発して、ならず者に斬りかかった。

肩に載せていた大太刀を素早く抜いたかと思えば、侍の刀が根元から折れていた。

「うっ」

息を呑んだ侍が咄嗟《とっさ》に跳びすさったが、それより速く、片手で振るった大太刀の切っ先が胸を斬り裂いた。

「ぎゃあぁ」

悲鳴と共に背をのけ反《ぞ》らせた侍が、仰向《あおむ》けに倒れた。

仲間を殺された侍が、恐ろしい形相《ぎょうそう》でならず者を睨《にら》み、刀を正眼《せいがん》に構えた。

「次はおれの番だ」

槍を持った男が言い、前に出る。

へらへらと笑いながら槍を構えると、侍が先に動いた。

「てやあっ！」

槍を打ち払い、ならず者の首を狙って素早く突いた。

切っ先が喉《のど》を貫《つらぬ》くかと思いきや、ならず者が鉄の手甲《てっこう》で刀を受け止めた。

侍は刀を引き、

「えいっ！」

と素早く斬り下げた。

ならず者はこの攻撃も腕の防具で受け止め、火花が散った。

「ぐ、ぐわっ」

ならず者は、左腕で刀を受け止めると同時に槍を突き出し、侍の腹を貫いていた。

「あらら、もう終わりか」

馬鹿にしたように言い、

「何が大名家の家来だ。偉そうに」

急に憎しみを込めた顔つきに豹変《ひょうへん》し、槍を腹から引き抜くと、今度は胸に突き入れた。

侍は、立ったまま絶命した。

ならず者はふたたび槍を引き抜き、倒れた侍の懐《ふところ》から財布と胴巻きを奪うと、重い手ごたえにほくそ笑んだ。

遠巻きに見ていた野次馬が、身の危険を感じて逃げ去った。

逃げる者たちを避けながら進んだ左近は、煮売り屋の前に倒れている侍に駆け寄った。

悠然《ゆうぜん》と立ち去ろうとしていたならず者二人がそれに気づき、

「また鴨《かも》が来やがった」

顔を見合わせてほくそ笑み、引き返してきた。

「泰徳、そちらはどうだ」

左近が訊くと、別の侍の首に手を当てた泰徳が、無言で首を横に振った。

「そいつらと同じ目に遭《あ》いたくなければ、腰の物と、有り金を全部出せ」

大太刀を肩に載せている男が、上から見下ろすような目つきで言った。

左近は、油断なく立ち上がり、

「貴様らが、陽炎一味とやらか」

鋭い目を向けて言うと、ならず者は鼻で笑いながら口を開く。

「だったら、どうする」

「斬る」

左近が鯉口《こいぐち》を切ると、ならず者の顔から笑みが消えた。

「大きな口をたたくと後悔するぜ」

槍を持った男が言い、腰を下げながら左腕を顔の前に上げて、防御の構えを取った。

対する左近は、ゆっくりと抜刀して左足を前に出し、柄《つか》をにぎる手を右脇に上げ、二尺七寸（約八十センチ）の刀身を立てて、八双《はっそう》に構える。

鉄の防具を巻いた左腕を顔の前に立てるならず者が、じりじりと間合いを詰めてくる。左近を睨む目の色がぱっと変わった刹那《せつな》、気合声を発して、槍を突き出してきた。

左近が身を転じて穂先《ほさき》をかわすと同時に、安綱を素早く振り上げて打ち下ろした。

それを誘っていたならず者は、しめたとばかりに左腕で防御した。鉄の防具で刃《やいば》を受けておいて、同時に槍で、相手を突く技だ。

――先ほどの侍のように、左近の腹が貫かれるはず。

見物していた大太刀を持ったならず者は、そう思ったはずだ。しかし、悲鳴をあげたのは、ならず者のほうだった。

鉄の防具をしているはずの左腕が、切断されたのだ。

少々の鉄の厚さでは、左近が打ち下ろす安綱を防ぐことはできぬ。

防具ごと切断された左腕を押さえて、ならず者はのたうち回った。

「こ、この野郎！」

仲間が大太刀を引き抜き、左近に切っ先を向けた。

そのあいだに割って入った泰徳は、素早く抜刀し、正眼に構えた。

「どけい！」

大太刀を振り上げたならず者が叫び、大上段から打ち下ろした。

まともに受ければ刀が折られるほどの剛剣だが、泰徳は一歩も引かぬ。

打ち下ろされる大太刀を軽々と横に払い、

「むんっ！」

肩から相手にぶつかって弾《はじ》き飛ばした。

尻餅《しりもち》をついたならず者が、

「おのれ！」

ふたたび挑《いど》みかかろうとしたが、恐ろしい形相で迫る泰徳の剣気に息を呑み、
大太刀を放り出した。

「待て！　き、斬るな」

手のひらを向けて頼み、地べたに頭を擦《こす》りつけた。

――勝負あった。

それを見届けたかのように、道中方《どうちゅうかた》の役人が駆けつけてきた。

道中奉行《どうちゅうぶぎょう》の配下である二人の侍は、

「それっ、引っ立てい！」

捕り方数名に命じてならず者を捕らえさせると、左近と泰徳に名を訊いた。

左近は新見左近と名乗り、旅先から江戸に戻る浪人だと答え、泰徳は道場名を告げ、共に江戸へ帰る途中だと答えた。

「拙者は、道中方の崎守八介《はちすけ》と申す」

「同じく、矢田勘兵衛《やだかんべえ》にござる」

中年の侍が、揃《そろ》って頭を下げた。

崎守が左近に顔を向け、

「いやあ、でかした。こ奴らは、宿場を荒らす盗賊の一味でな。手を焼いておったのだ。即刻処罰して首をさらせば、恐れをなして近づくまい。いやあ、まことに、でかした」

と、満足そうに言う。

褒美《ほうび》はやらぬが礼ならいくらでも言うとばかりに、左近と泰徳をさんざん持ち上げて、殺された大名家の家臣を引き取ると、そそくさと役所へ引きあげていった。

「あれは、手柄を自分の物にするな」

泰徳が言うが、左近にはどうでもいいことだ。

それよりも、陽炎一味の仕返しのほうが心配で、黙ってことのなりゆきを見守っていた名主の江左衛門に、警戒するよう告げたところ、

「是非とも、宿場の用心棒をしていただけませんか」

と、拝《おが》むようにして頼まれた。

左近と泰徳がならず者を簡単に倒したのを見て、宿場を救えるのは、二人しかいないと思ったと言う。

もとより捨て置くつもりはなかった左近は、用心棒を引き受けて、名主の屋敷に戻った。

「いやぁ、それにしても驚いた。たいした腕前だ」

二平も遠巻きに見ていたらしく、しきりに感心し、屋敷に帰るなり、お好と俊吉に左近と泰徳の活躍ぶりを自慢げに語った。

「お好、皆さんに酒をお出しして」

江左衛門が命じると、俊吉も手伝うと言って、二人で台所に行った。

左近と泰徳と小五郎が、座敷に座って間もなく、旅籠のあるじだという男が二人、名主の家を訪ねてきた。

熨斗《のし》をつけた角樽《つのだる》を、左近に差し出した中年の男たちは、

「王子屋喜平《おうじやきへい》と申します」

「亀屋与兵衛《かめやよへえ》にございます」

二人とも小ぎれいな身なりをして、鬢付《びんつ》け油《あぶら》をびっしりと塗り、髪一本乱れぬ頭を並べて下げた。

「いやあ、それにしても、見事なお手並み。この与兵衛、胸がすかっとしました」

亀屋が嬉しそうに言うと、隣の王子屋も笑みでうなずき、

「是非とも、この宿場をお助けいただけたらと思い、不躾《ぶしつけ》ながらお願いに上がった次第で」

些少《さしょう》ですがと言いながら、二十五両の包金《つつみがね》を差し出した。

「そのようなことはせずともよい」

左近は金を押し返した。

「お助けいただけませんので？」

亀屋が困った顔で言うと、江左衛門が口を挟んだ。

「心配ないですぞ、亀屋さん」

「名主さん、それはどういう意味です？」

「お三方は奇特なお方でね。ここへ泊めるかわりに、用心棒を引き受けてくださったんだよ」

江左衛門の言葉を聞いて、亀屋が目を丸くした。

「それだけで？」

「うむ」

左近がうなずくと、亀屋と王子屋は顔を見合わせた。

「いつまで、いてくださいますか」

「盗賊を捕らえるまで、いようと思う」

「いやあ、ありがたい」

亀屋が拝むようにして言い、安堵《あんど》の息を吐いた。

盗賊が出るという噂が諸国に広まれば、宿場に泊まる旅人がいなくなると、将来を案じていたという。

「さっそく帰って、皆に知らせてやります」

これまで役人に頼れなかったからか、亀屋と王子屋は大喜びで帰っていった。

三

「ということで、厄介《やっかい》な者が入ってきたようです」

手下の知らせに、赤い打掛《うちかけ》を羽織《はお》った髭面《ひげづら》の男が、女の白い足のあいだから顔を上げた。

「お頭《かしら》の指図は」

髭面の男が足を払って襦袢姿《じゅばんすがた》の女をどかせて訊くと、手下が近づき耳打ちをした。

「おもしろい。みんなを集めろ」

「すでに、待っております」

言われて、髭面の男、真下智武《ましたともたけ》は、手下どもがいる本堂に出た。

山の麓《ふもと》にある荒れ寺を根城《ねじろ》にしているのは、陽炎の一味である。

ここにいる十六名は皆、元は主持《しゅうも》ちの侍であるが、お家断絶、改易《かいえき》、殺傷事件など、さまざまな理由で浪人となり、浪々の旅をしていたせいか、食うためには人を殺《あや》めることをためらわぬ者ばかりだ。

こ奴らは馬も持っていて、本堂の外には人数分の馬が繋《つな》がれ、世話をさせるために、村の若者を金で雇っている。

鶴川の宿場までは、馬を走らせて小半刻《こはんとき》ほどだ。

本堂に出た真下は、手下どもに手はずを伝えて支度を急がせると、

「出陣じゃ」

そう命じて、表に出た。

古い甲冑《かっちゅう》を着け、松明《たいまつ》を手にした集団が馬にまたがると、夜襲に出陣する騎馬武者にも見えて、いかにも勇《いさ》ましい。

蹄《ひづめ》の音が宿場に轟《とどろ》いたのは、間もなくのことだ。

騎馬武者たちが二人組になって、宿場へ入る道を塞《ふさ》ぎ、泊まり客たちを袋の鼠《ねずみ》にした。

宿場になだれ込んだ一味が馬の背に立ち、王子屋の屋根に飛び移ると、二階から侵入する。

たちまち客たちの悲鳴があがり、下からも戸を突き破って乱入すると、静まり返っていた旅籠が騒がしくなった。

旅人から有り金すべてを奪った一味が出てきたのは、程なくのことであり、その時には、冷たい雨が降りはじめていた。

雨の中に駆け出た一味の一人が、肩に女を担《かつ》いでいる。

女は騒ぎ、助けを求めて叫んでいたが、外で待ち受けていた真下の前に下ろされるや、当て身を食らって気絶した。

「お定《さだ》、お定！」

名を呼びながら追って出たのは、王子屋喜平だ。

王子屋は両手を合わせて拝み、

「女房を返しておくれ。金なら、欲しいだけ出すから」

懇願《こんがん》したが、真下は聞かなかった。

「金はたっぷりいただいた。女房を返してほしけりゃ、捕まった手下を放免させろ」

「では、わたしをかわりに。女房だけは、放してやっておくれ」

「黙れ！」

「頼む、女房だけは連れていかないでくれ」

「恨《うら》むなら手下を痛めつけた奴を恨め。いいか、朝にまた来る。巳《み》の刻《こく》（午前十時頃）までに手下が戻らなかったら、貴様の目の前で女房を殺すからな。覚悟しておけ！」

命じた真下は立ち去ろうとしたのだが、ふと馬の足を止めて引き返してきた。

「いいことを思いついたぜ。おい、王子屋」

「はい」

「手下を痛めつけた野郎を牢屋にぶち込めと、道中方の二人に言え」

「そ、そんな」

「女房がどうなってもいいのか」

「わかりました。必ず」

地べたに両手をつく王子屋に唾《つば》を吐きかけ、真下は手下を引き連れて宿場から去っていった。

騒ぎを見ていた亀屋与兵衛が駆け寄り、気の毒そうに声をかけた。

「王子屋さん、こりゃあいったい……」

「名主のところにいる浪人者がしたことへの仕返しだよ。こうしちゃいられない。与兵衛さん、みんな、お定の命を救う手助けをしておくれ。このとおり、頼むよ」

「他ならぬ王子屋さんの頼みだ。なんでも手伝うよ」

「何をすればいい」

旅籠のあるじたちが言うと、王子屋は顔を向けた。

「崎守様と矢田様に頼んで、盗賊が言ったとおりにするんだよ。みんな、証人になってくれるね」

「ああ、わかった」

旅籠のあるじたちは、その足で役所に向かった。

「何、陽炎の一味が！」

亀屋たちにたたき起こされた矢田が、目を見張った。

「はい。王子屋の女将《おかみ》さんが攫われました」

「待っていろ」

役所の敷地内にある崎守の役宅に走り、戸をたたいた。

「おい、起きろ！　大変だ！」

矢田が叫ぶのに応じて、崎守が寝ぼけた顔をのぞかせた。

遠くで、一番鶏《いちばんどり》が鳴く声が聞こえる。

「なんだ、こんな朝早く」

「大変だ。陽炎一味が、王子屋の女将を攫いやがった」

日頃から、王子屋には袖《そで》の下《した》をたっぷりもらっているだけに、崎守は愕然《がくぜん》とした。矢田が一味の要求を告げると、見る間に血の気が引いた。

「じょ、冗談だろ」

「冗談でこんなことが言えるか」

「いっぺんに目がさめたぞ。どうする」

「馬鹿、それを訊きたいのはこっちだ」

二人はうろたえた。

崎守は座敷に上がったり下りたりしてうろつき、矢田はしかめっ面《つら》を天に向けている。

「とりあえず、話を聞きに行こう」

矢田が言うと、崎守が寝間着の帯に刀を落とし、旅籠の衆が待つ役所に入った。

二人に頭を下げた旅籠の衆に、要求は間違いないのかと確認すると、この目で見た、聞いた、と亀屋たちが言い、王子屋が、助けてくれと懇願する。

だが、捕らえた罪人を放免したと道中奉行の耳に入れば、切腹だけではことがすまぬ。

二人の役人は困り果て、要求を吞むことを渋った。

約束の刻限まで間がない。

業《ごう》を煮やした亀屋が、

「こうしては、どうでしょうか」

と、水を向けた。

「盗賊一味に人質を取られて、仕方なく要求を呑んだことにしてはいかがです。要求どおり罪人を放免し、新見様たちには一旦牢に入っていただき、お定さんを連れ戻したあとに、新見様たちに頼んで成敗してもらうのです」

「うぅむ」

矢田が顎《あご》に手を当てて悩み、崎守は妙案だと手をたたいた。

「そう容易《たやす》く、ことが運ぶだろうか」

なおも矢田が案じていると、崎守が言った。

「まずは、あの二人に訊いてみよう」

矢田が目を丸くした。

「浪人にか」

「さよう。入牢《にゅうろう》を拒《こば》めば、何かの罪で捕らえればよい」

「何かの罪とは？」

「罪人の手首を斬り落とした罪だ」

崎守が、半ばやけくそのような言い方をした。

「馬鹿を申せ。あの二人が暴れたら、それこそ手に負えぬぞ」

「その時はその時だ。さ、まいるぞ。刻限まで間がないのだから、支度を急げ」

お前たちも来いと旅籠の衆に言い、二人の役人は外出の支度を整え、捕り方を引き連れずに名主の屋敷へ向かった。


「なんだと！」

役人の話を聞き、腰を浮かせて怒る泰徳を、左近が止めた。

「なるほど。そなたらの申すことはわかった。一旦、牢に入ろう」

「おい、左近」

目を見張った泰徳は、落ち着きはらった左近の態度を見て、ふて腐れたように座りなおすと、おとなしくなった。

「では、役所まで同道願おうか」

緊張した面持ちで言う崎守は、左近が鋭い目をして安綱をにぎると、怯《おび》えて下がった。

「泰徳、まいろうか」

「くそ、おもしろくない」

泰徳は憤慨した様子で刀を腰に差し、左近のあとに続いて外に出た。

ふと左近は立ち止まり、心配そうに見送る名主の江左衛門に顔を向けた。

「すまぬが、戻るまで供の者を泊めてくれぬか」

「わかりました。どうか、気をつけて」

「うむ」

左近は、共に見送る小五郎に、何かあれば名主たちを守れと目配せした。

あるじが言わんとすることを察した小五郎が、心得たと目顔で返す。

「さ、まいろう」

左近は、頼りない役人を促して、役所へ向かった。

刀を崎守らに預け、牢の中に入ると、

「まことにすまぬ。人質を助け出したら、すぐに出すからな」

矢田が申しわけなさそうに言い、牢を閉めた。

程なくして、解き放たれる二人が牢屋の前に現れ、大太刀を振り回していたほうが、囚《とら》われの身の左近と泰徳を見ると、勝ち誇《ほこ》ったような顔で笑った。

左近に腕を斬り落とされた男は、この場で殺してやると叫んだが、

「まあ、楽しみはあとに取っておきな」

大太刀のならず者に止められ、

「残り短い命だ。せいぜい牢屋の暮らしを楽しみな」

唾を吐き捨てると、外に出ていった。

憤慨してあぐらをかいて座る泰徳を横目に、左近は目を閉じて、落ち着きはらっている。

その様子を見ていた牢屋の番人が、哀《あわ》れみの目を向けてため息をつくと、外に出ていった。

四

崎守と矢田は、ならず者二人を王子屋に連れていき、陽炎一味が現れるのを待った。

今朝は日が差しているが、昨夜の雨で川はさらに水嵩を増し、川留は続いている。

そうとは知らずに、甲州街道を江戸に向かう旅人が宿場に到着し、町は大勢の人でにぎわっていた。

中には、大名家の家来と思《おぼ》しき姿もあり、

「このような時に盗賊が現れたら、まずいな」

二階の部屋から見下ろす崎守と矢田は、気がかりで落ち着かなくなっている。

「どうする。昨日も飯田藩の家来が命を落としたばかりだ。これ以上、大名家の者に死者を出せば、ただではすまぬぞ」

「うむ。罷免《ひめん》だけではすまなくなる」

「困った。どうすればよいのだ」

焦《あせ》る二人を見て、大太刀のならず者が楽しそうに笑っている。腕を落とされたほうは、額に汗をにじませ、それどころではないようだ。

そこへ、馬にまたがった陽炎一味がやってきた。

前を行く真下智武以外は、兜《かぶと》こそ着けていないものの、甲冑と漆黒の頬当《ほおあて》を着けた騎馬武者姿だ。当然、町中にいる旅人を驚かせた。

茶筅髪《ちゃせんがみ》に結《ゆ》い上げ、紫色の女物の打掛を肩にかけた先頭の男は、怯える旅人には見向きもせず、王子屋の前に来ると馬を止めた。

手下どもが周囲を固め、人を追い払った。

王子屋が表に駆け出し、約束を果たしたことを告げると、真下の合図で、一騎の騎馬武者が近づいた。

騎馬武者の前には、腕を縄で縛られた女が乗せられている。

「お定！」

猿ぐつわを嵌められているお定は、王子屋に顔を向けると、悲しげな目で訴えた。

崎守と矢田が、陽炎の手下を連れて表に出ると、

「約束だ。人質を放せ」

馬上の真下を見上げて言った。

真下は恐ろしい顔つきとなり、

「手下を放すのが先だ」

凄《すご》みのある声で命じる。

言われたとおりに解き放つと、真下もお定を解放した。

抱き合って無事を喜ぶ王子屋を見下ろした真下が、右手を挙げて振り下ろし、手下に向かって合図を送る。

すると、手下どもが抜刀し、役人二人を捕らえ、そこらの旅人を脅《おど》して、すぐさま、町を支配下に置いてしまった。

大名家の家臣たちも、荒武者《あらむしゃ》に囲まれて怖気《おじけ》づき、抵抗をやめている。

押さえつけられた崎守と矢田の前に真下が立ち、刀の切っ先を向けた。

「川留が終わるまで、宿場はおれたちの物だ。好きにさせてもらうぜ」

もはや、崎守と矢田に抗《あらが》う勇気はなく、うな垂れている。

手下どもは早くも、怯える旅人から金品を奪い、若い女を見つければ攫い、旅籠に連れ込んでいた。

王子屋の大部屋に陣取《じんど》った真下の前に、次々と奪われた品が持ち込まれ、短いあいだに、銭の山ができた。

旅人の路銀《ろぎん》や、商人が商売に使う金目当ての悪行だ。集められた額は、百両や二百両どころの話ではない。

収穫に満足した真下が命じる。

「名主を殺し、お好という名の若い女中をここへ連れてこい」

「承知」

不気味な笑みを浮かべた手下が、仲間を二人ほど引き連れていった。

真下は、縄をかけられている崎守と矢田の前に行き、太刀を抜いた。

「ひっ」

小さな悲鳴をあげて、崎守が目をつむった。

「命が惜しいか」

真下が訊くと、首を激しく縦《たて》に振り、命乞《いのちご》いをする。

「おれが生かしてやっても、この騒動が江戸に知られたら、お前たちはどうせ腹を切らされる。違うか」

真下の言葉に、崎守と矢田は、互いの青い顔を見合わせた。

これまでは、旅籠をひとつふたつ密《ひそ》かに襲うだけで、旅人が泣き寝入りするのがほとんどであったため、二人に責めが及ぶことはなかった。

だがこたびは、宿場を乗っ取り、大名家の家来をも巻き込んでいる。真下の言うとおり、二人に厳しい沙汰《さた》がくだされるのは間違いないように思える。

悲観してうな垂れる二人に、

「どうだ、おれの手下にならぬか。おもしろいぞ」

真下が優しく声をかけた。

——こうなってしまっては、道はひとつしかない。

二人はそう思い、

「な、仲間に入れてくれ」

共に承知した。

すると、真下が恐ろしい形相となり、

「その前に、牢に入れている浪人の首を刎《は》ねろ」

厄介者を消すのが条件だと言った。

二人は息を呑んだが、断る余地はない。

「わ、わかった」

崎守が応じて、矢田がうなずいた。

「この祭りは明日で終わりだ。そのあと、おれたちは次の根城に移る。祭りを楽しみたければ、今日中に首を刎ねて持ってこい」

「承知した」

縄を解かれた崎守と矢田は、刀を返してもらい、急いで役所に戻った。

血相を変えて駆け込んだ上役を気遣《きづか》う配下を下がらせ、崎守と矢田は、役所の座敷に上がり、その場にへたり込んだ。

矢田が、崎守に訊く。

「お前、本気で盗賊になり下がるのか」

「ああでも言わなければ、生きて帰ることはできなかった。しかし、奴の言うとおり、こうなっては切腹、いや、打ち首になるやもしれぬ」

「先祖代々の家名を汚《けが》してまで、生きるか」

「おれは死にたくない。こうなったら、盗賊にでもなんでもなってやる。お前はどうする、江戸に妻子が待っているのだろう」

「生きようが死のうが、合わす顔などない」

二人は押し黙ってしまった。

これまで手をこまねいていたつけが回ってきたのだ。自業自得と言えばそれまでだが、臆病《おくびょう》な二人に宿場をまかせた道中奉行にも落ち度はある。

長々と押し黙っていた二人は、どちらからともなく顔を上げて、

「死んでなるものか」

意を決して、うなずき合った。

牢に入れている左近と泰徳を斬殺すると決めて、腰の刀に手をかけた。

矢田は抜刀したが、崎守は刀を抜こうとして、ぎょっとした。

長年にわたり怠惰《たいだ》な暮らしを送っていたせいで、刀が錆《さび》ついていたのだ。

やっとのことで抜いてみれば、思わず笑いが出るほど、赤茶色である。

呆《あき》れた矢田が、

「あれを使え」

刀掛けに置いている二本の太刀を顎で示した。

左近と泰徳が預けた太刀に目を向けた崎守が、こしらえのよいほうを選び、抜刀した。

「ほほう、これは見事な物だ」

感心して刀身を眺めていたが、そのうち愕然として、腰を抜かしてしまった。

刀を持つ手を震わせながら、口をぱくぱくとさせて何か言ったが、声にならぬ。

「どうしたのだ、血相を変えて」

「ここ、これ、これ」

崎守はやっと声を出し、矢田に太刀を渡した。

「うむ？」

受け取った矢田が、金の鎺《はばき》に刻《きざ》まれた葵《あおい》の御紋《ごもん》に気づき、

「げえっ！」

顎がはずれんばかりに口を開け、目を丸くした。

大ごとだ、大変だとつぶやき、鞘《さや》に納《おさ》めようとしたが、手が震えるためうまく納まらぬ。

ついにあきらめて、

「誰か、誰か！」

大声で人を呼ぶと、現れた若党に命じた。

「牢屋のお二人を、すぐここにお連れしろ」

「はあ？」

「早ういたせ！」

「はは！」

「待て！」

「は？」

「粗相《そそう》があってはならぬぞ。丁重《ていちょう》にお連れいたせ」

「ははあ」

ただならぬ様子に気づき、若党は急いで牢屋に向かった。

「お出ませい」

牢屋の番人が、戸を開けて言った。

泰徳が待ちわびた様子で立ち上がり、外へ出ていく。

左近があとに続いて出ると、若党が頭を下げ、

「こちらへ」

左近と泰徳に気配りを見せ、役所の中へ案内した。

表玄関の式台から上がるよう促され、廊下を通って奥の部屋に行くと、待っていた崎守と矢田が、緊張した面持ちで左近と泰徳を迎え入れた。

「まずは、こちらへお座りください」

上座にひとつだけ用意された敷物に座れと言う。

泰徳が当然のように下座に着くと、崎守と矢田が顔を見合わせて、崎守が立ち上がり、刀掛けから左近の刀を持ってきた。

「お預かりしたお刀を、このとおりお返しいたします」

「かたじけない」

左近が受け取ると、崎守と矢田が、左近の前で平伏《へいふく》した。

「なんの真似《まね》だ」

左近が立ったまま訊くと、

「お名前を、お聞かせ願いとうございます」

額を畳に擦りつけて言った。

左近は、手にしている宝刀安綱を見た。

「刀を抜いたのか」

「お許しを！」

間髪《かんはつ》をいれず、崎守があやまった。

「まあよい。して、王子屋の女将は無事に戻されたのか」

「はい……」

返答をした矢田が目をそらすのを見て、

「何かあったか」

左近が訊くと、二人は唇《くちびる》を嚙《か》みしめて、ばつが悪そうな顔をした。

「戻るには戻りましたが、宿場が陽炎一味に支配されております」

崎守が言い、左近と泰徳の首を取るよう命じられたことを正直に告げた。

「それから、名主も狙われております」

「名主なら、案ずることはない。あそこには、おれの手の者がおる」

そう聞いて、矢田が膝《ひざ》を進めて訊いた。

「そのお刀をお持ちになられるあなた様は、いったい……」

「甲府藩主、徳川綱豊だ」

左近が正直に答えると、

「こ、こ、甲州様」

崎守が仰天《ぎょうてん》してのけ反り、廊下を越えて白洲《しらす》まで駆け出ると、

「ははあ」

うずくまるように頭を下げた。

矢田は衝撃のあまり腰を抜かしたのか、その場に尻をつき、一気に二十は年を取ったような顔で、左近を見上げている。

左近が苦笑いを浮かべながらうなずいてみせると、はっと我に返り、這《は》って白洲に下りようとした。

「二人ともそう慌てるな。今は、浪人の新見左近だ」

「ははあ」

「しかし、おぬしらの所業は感心せぬぞ」

「は、おそれいりましてございます。このうえは、いかなる処罰も、甘んじてお受けいたしまする」

「まあ聞け。このあとの働き次第で、これまでの怠慢《たいまん》を見逃してやる」

二人は目を見開いた。

「どうだ、おれの言うとおりにしてみぬか」

「なんなりと」

「お申しつけください」

息の合った二人が頭を下げる。

「これへ」

左近は二人を呼び寄せ、細々《こまごま》としたことを命じた。

五

左近の帰りを待っていた小五郎は、名主の江左衛門に頼まれて、碁《ご》の相手をしていた。

江左衛門は、宿場に潜ませている奉公人の知らせを待っていたのだが、いつまで経《た》っても戻らぬため、気を落ち着かせるために、碁盤《ごばん》の前に座ったのだ。

「まったくもって、腹の立つ」

小五郎が石を打つ手を止めると、

「いや、陽炎一味のことだ」

と言うので、遠慮なく石を打つ。

それを見て、江左衛門が目を丸くした。

小五郎の勝ちが決まり、江左衛門は苦笑いを浮かべながら嘆息した。

「新見殿と岩城殿には、巻き込んで気の毒なことをした」

「あのお二方なら、心配いりませんよ。それより、川留が続くのが心配です。陽炎一味が、この機を逃すとは思えない」

小五郎が言った時、馬蹄《ばてい》の音が響き、

「旦那様！　お逃げくだ――」

表で下男の悲鳴がした。

台所にいたお好が、何ごとかと出ようとするのを小五郎が止めた。

「俊吉さん、二平さん、お好さんを連れて奥へ隠れて。名主殿も」

小五郎が短刀を抜き、表に駆け出た。

騎馬武者のごときなりをした陽炎一味の者が、刀を構える小五郎を見るや馬から下り、太刀を抜いて斬りかかってきた。

商人が道中差《どうちゅうざ》しを抜いたとでも思ったか、太刀を打ち下ろす姿は隙《すき》だらけだ。

小五郎は、袈裟《けさ》懸《が》けに打ち下ろされる切っ先を受け流し、すれ違いざまに首の血筋を斬った。

背後で倒れる者には目もくれず前に跳び、宙返りして騎馬武者の頭上を越えると、馬の背に降り立ち、くるりと背を返して騎馬武者の後ろから首を突き刺した。

人並みはずれた素早い攻撃に慌てた騎馬武者が、馬を馳《は》せて突進してくる。

地に降り立った小五郎は、その騎馬武者に向かって走り、突き出される槍の穂先を紙一重《かみひとえ》でかわすと同時に短刀を投げ、走り去る騎馬武者の背中を貫いた。

あっという間に襲ってきた連中を倒した小五郎は、庭に横たわる下男の首に手を当てたが、すでにこと切れていた。

舌打ちをした小五郎は、門扉《もんぴ》を閉めて閂《かんぬき》を通すと、屋敷の中に駆け戻った。

闘いの一部始終を陰から見ていた江左衛門が、恐る恐る訊いた。

「お前さん、いったい何者だね」

小五郎は甲州忍者の頭目たる面持ちで応じる。

「今は話している間がない。奴らが来る前に、ここから逃げるぞ」

「どこへ」

「役所だ」

「だめだ。見つかる」

役所は、名主の屋敷の反対側の高台にあり、道を行くなら宿場を通らねばならぬ。

「山の中を行けば見つからぬが……」

小五郎は言ったものの、お好の足では無理かと思いなおし、あきらめた。

「わしが案内しよう」

二平が名乗り出た。

このあたりの山は、知り尽くしていると言う。

小五郎がお好の足を気にすると、

「なぁに、わしの娘だ。小さい時から山で育ったのだから、心配ねぇ」

二平が言い、お好も大丈夫だとうなずいた。

こうして小五郎は、皆と共に屋敷を抜け出して裏山に入り、左近がいる役所を目指した。


真下がこのことを知ったのは、小五郎たちが役所に逃げ込んだあとだ。

帰りが遅いので、手下どもがお好をいたぶっているのではないかと案じて迎えを走らせたところ、

「みんな殺《や》られて、屋敷はもぬけの殻《から》です」

血相を変えて戻ってきた手下の知らせに、

「誰の仕業《しわざ》だ！」

と、愕然とした。

わからないと首を横に振る手下を殴りつけ、

「草の根分けても捜し出してこい」

と命じて部屋から蹴り出した。

「名主の野郎、舐《な》めた真似をしやがって」

「何を怒っているんだい」

そう声をかけて姿を見せたのは、なんと亀屋与兵衛だ。

「お頭」

真下が、与兵衛に頭を下げた。

与兵衛が鋭い目を向けて訊く。

「何があったんだ」

手下が殺され、名主たちが逃げたことを真下が告げると、

「お好も逃げたのかい」

残念そうに、ため息をついた。

「今捜させています」

「まあいい。売り飛ばせば金になると思っただけだ。それにな、お宝はここにもある」

「それは、なんです」

与兵衛が手をたたくと、程なくして、縄をかけられた王子屋夫婦が庭に引き出され、無理やり座らされた。

真下といる与兵衛を見て、王子屋が愕然とした。

「亀屋さん、あんた、そこで何をしているんだい」

「黙れ」

手下が馬の鞭《むち》で背中を打った。

「おい、手荒な真似はよせ」

与兵衛が言い、廊下に立つと、王子屋を見下ろした。

「たっぷり稼いだのでな。今日限り、ことはおさらばするつもりだ。新参者のわたしによくしてくれたお前さんに、あいさつをしに来たのだよ」

与兵衛が言うと、手下が王子屋の背中を押した。

別の手下が太刀を鞘から抜いて、王子屋の顔の前に切っ先を下げて見せた。

「な、何をする」

「友が旅立つんだ。餞別《せんべつ》をくれないかね、王子屋さん」

ぎょっとした王子屋が、必死な顔で首を横に振る。

「金などない」

「ああ、よく聞こえないね、王子屋さん。お前さんが貯め込んでいることは、旅籠衆の寄り合いで聞いて知っているよ。命が惜しかったら、金のありかを教えてもらおうか」

「し、知らん」

「そうかい。それじゃ、先に女房から死んでもらおう」

与兵衛が言うと、王子屋の横でお定が背中を押されてかがまされ、手下が首を刎ねるために太刀を振り上げた。

「お前さん！」

「待て！　わかった、言う。金は蔵の中だ」

「舐めてもらっちゃあ困るぜ、王子屋さん。蔵にないから訊いているんだ」

「床下だ。大きな柱のところの床に、仕掛けがある」

与兵衛が目配せすると、手下が蔵に走った。

「亀屋さん、あんたという人は……初めから騙《だま》すつもりで、旅籠をはじめたのかい」

「いいや、初めはお上の目をごまかすために、根城にするつもりだったが、川留になった時に、ふと思いついたのさ。大店《おおだな》を襲うよりは、手っ取り早く稼げたぜ」

程なくして、手下が千両箱を見つけてきた。

「ほぉう、二千両とは、貯め込んだものだな」

与兵衛が真下と顔を見合わせて、満足そうな笑みを浮かべた。

「その金を持って、今すぐ宿場から出ていってくれ」

王子屋が言うと、手下が背中を打ち据《す》えた。

呻《うめ》き声をあげる王子屋に、与兵衛が言う。

「間抜けな役人が、こざかしい浪人どもの首を持ってくれば、出ていくさ」

その時、表から手下が駆け込んできた。

「頭、役人が、首検《くびあらた》めを願っております」

「おお、来たか。これへ通せ」

「は、ははぁ」

手下が慌てた様子で下がると、入れ替わりに崎守と矢田が庭に入ってきた。供の者が二人続き、それぞれの手には、首桶《くびおけ》が提げられている。

崎守と矢田が、廊下に座る真下の前に片膝をつき、

「約束の物を持ってまいった」

と、上目遣《うわめづか》いに告げる。

「どれ、見せてみい」

真下が、見くだすような物言いで命じた。

崎守が供の者にうなずくと、編笠を被《かぶ》った侍が首桶を真下の前に置き、後ろへ下がって控えた。

首桶を前にした真下が、

「頭、お検めを」

言うと、与兵衛が真下の横に座った。

与兵衛が盗賊どもの頭と知り、崎守と矢田が愕然として、顔を見合わせた。

与兵衛は、したり顔で二人を睨むと、

「これで、おめぇたちはおれの手下だ。おう」

顎を振り、桶を開けさせた。

桶を開けた真下が、ぎょっとした。

中に、何も入っていないからだ。

「てめぇ、どういうことだ！」

与兵衛が睨むと、崎守と矢田が、後ろに控える供の者に顔を向けた。

供の者が立ち上がり、厳しい声で言い放つ。

「その首桶は、貴様のために持ってきた物だ」

「なにぃ」

与兵衛が睨み、編笠の下の顔を見て息を吞んだ。

「て、てめえか」

左近が編笠を取り、王子屋を押さえつけている手下に投げつけた。

手下は笠をたたき落とし、刀を抜いて王子屋を斬ろうとした。

と、泰徳が素早く投げた小柄《こづか》が腕に刺さり、

「うっ」

手下が抜こうとしたところへ、抜刀した泰徳に首の急所を斬られた。

血が噴き出す首を押さえた手下が、膝から崩れるように倒れる。

泰徳が王子屋夫婦の縄を切り、守りながら下がった。

簡単に人質を奪われた与兵衛は、真下を楯《たて》にしてじりじりと後ずさる。

「もはや逃げられぬぞ」

左近が言うと、

「ふん。それは貴様らのことだ」

真下が鋭い目を向け、

「者ども！　曲者《くせもの》じゃ！」

大声で怒鳴ると、甲冑を着けた手下が廊下に現れ、座敷の与兵衛を守るように囲んだ。

「たったそれだけの人数で、余《よ》の首を討てると思うておるのか」

「余だと？」

真下が、唇の片端を吊り上げて言う。

左近が崎守に目顔で合図すると、崎守がうなずき、

「まいれ！」

声を張り上げるや、隠れ潜んでいた五人の鉄砲隊が左近の前に走り込み、陽炎一味に狙いを定めた。

さらに、十名の弓隊が鉄砲隊の後ろに並び、矢を番《つが》えた弓を引くと、狙いを定める。

鉄砲と弓の二段構えで狙われ、陽炎一味は動揺した。

「道中方を甘く見おったな、亀屋与兵衛。神妙にすれば慈悲《じひ》もあろうが、逆らえば、この場で討つ」

徳川綱豊にいいところを見せようと、崎守がいつになくきりりとした口調で言った。矢田も負けじと前に出て、

「者ども、刀を引けい！」

大音声《だいおんじょう》で命じた。

与兵衛を守ろうと、真下が身を重ねるようにして前に立つが、その真下を与兵衛が手でどかせた。

「頭……」

「はったりに騙されるんじゃねえ。鉄砲なんざ、稽古《けいこ》したのを見たことがねえぞ。ただの飾りだ」

そう言われて、崎守が目を泳がせた。左近に命じられて作った鉄砲隊と弓隊は、役所に備えている物を引っ張り出し、捕り方に持たせているだけだ。与兵衛の言うとおり、はったりである。

与兵衛はそれを見抜いている。

「ふん、撃っても当たるものか。野郎ども、斬り捨ててしまえ！」

命じられた手下どもが斬りかかろうとしたその時、鉄砲の轟音《ごうおん》が響き、与兵衛の髷《まげ》が吹っ飛ばされた。

手下どもが慌てて身を伏せる中、口をあんぐりと開けて尻餅をついた与兵衛は、髷が消えた頭を押さえ、恐怖に駆られて足をばたつかせたまま後ずさりする。

鉄砲を撃ったのは、小五郎だ。

名主を連れて役所に到着したあと、左近のくわだてを聞かされ、鉄砲隊に扮《ふん》して同道したのである。

敵が怯《ひる》んだところで、矢田がすかさず前に出た。

「鉄砲隊弓隊は、宿場役所のものにあらず……甲府藩主、徳川綱豊様の隊ぞ！」

「者ども、こちらにおわすは甲州様じゃ。二十五万石を相手にすると申すか」

崎守に言われ、与兵衛はもはや気絶寸前である。顔面を蒼白《そうはく》にして、紫に変色した唇を震わせている。

往生際《おうじょうぎわ》の悪い真下が左近を睨み、刀をにぎりなおして前に出ようとしたのを、与兵衛が足にしがみついて引き止めた。

「か、頭……」

真下が見下ろすと、必死に首を横に振っている。

怖気づいた与兵衛を見限り、真下が殺そうとした時、ふたたび鉄砲の音が轟き、肩を撃ち抜いた。

鉄砲を替えた小五郎が撃ったのだ。

弾の威力に吹っ飛ばされた真下が、

「ぐあっ」

肩を押さえて転げ回った。

「弓隊、構え！」

崎守が大音声で命じると、

「待て、待ってくれぇ！」

与兵衛が叫んでひれ伏すと、手下たちが刀を捨てて、降参した。

「甲州様、こたびのこと、まことに黙っていてくださいますか」

「おい、崎守」

矢田が不安そうな同僚を制して、左近に苦笑いを向けた。

陽炎一味の仕置きもすみ、宿場の旅人に金品を戻した頃には、川の水も引き、木の橋がかけられた。

江戸に向けて旅立つ左近たちを見送る江左衛門たちの前で、二人の役人が頭を下げ、身を案じたのである。

「二度と旅人に危害が及ばぬよう、励《はげ》むことだ」

左近が言うと、

「ははあ、肝《きも》に銘《めい》じます」

崎守と矢田は、安堵した顔で頭を下げた。

「名主殿、そういうことだ。何かあれば、二人を頼るがよい」

「はい」

江左衛門は、左近が甲府藩主だと知らされた時は驚いたが、浪人らしからぬ左近の気品に、

——ただ者ではない。

と、その前から家族に話していたらしい。

それゆえ、息子の俊吉も、二平の娘お好も、

「やはりそうでしたか」

と、さして驚かなかった。

ただ、二平だけは、衝撃のあまり気を失った。

その二平も、女房と二人で見送りに来ている。

「甲州様、こたびのことは、代々の自慢にいたします」

綱豊公を家に上げたことを自慢にすると言い、左近との別れを惜しんだ。

「いずれまた会おうぞ」

大勢の見送りを受けた左近は、泰徳と小五郎と共に橋を渡った。

この時の左近は、のちに甲府徳川家が消滅することになるなどとは知る由《よし》もなく、二度とこの地を踏むことがなかろうとは、思いもしなかった。

左近たちが歩む街道沿いの梅の木が、桃色の花を誇らしげに咲かせていた。

第四話　千人同心《せんにんどうしん》の誇《ほこ》り

一

新見左近たちは、陣馬街道《じんばかいどう》への追分《おいわけ》に近いところを、江戸に向けて歩んでいた。

先ほどから、岩城泰徳が足を速め、しきりにあたりを見回している。

景色でも眺《なが》めているのか、それとも何かを探しているのかと思いつつ見ているなと、身体を前のめりにさせて、尻を後ろに突き出し、膝《ひざ》を内股にして、歩みが遅くなった。

「泰徳、いかがしたのだ」

左近が話しかけると、額《ひたい》に玉の汗を浮かべた泰徳が振り向き、

「もう、だめだ」

言うなり、近くの林に足を向けた。

一歩踏み出すたびに、ぷっ、二歩目にも、ぷっ。

弾《はじ》けるような音を出しながら歩み、しまいには走り出した。

茂みの奥に立ち止まると、血相を変えてごそごそしていたが、さっと下へ姿が消えた。

左近に振り向いた吉田小五郎が、唇《くちびる》に苦笑いを浮かべた。

「腹の具合が悪そうですね」

「昼餉《ひるげ》の時に飲んだ冷酒《ひやざけ》のせいかもしれぬな」

左近が言うと、小五郎がうなずき、印籠《いんろう》から飲み薬を出している。

しばらくすると、用を足した泰徳が戻ってきて、

「いやあ、すっきりした」

と安堵《あんど》の顔で言い、小五郎からもらった薬の粒を飲み込むと、腹をぱんとたたいた。

何ごともなかったかのように歩きはじめたかと思えば、ふと立ち止まった。

「まだ痛むのか」

左近が訊《き》くと、

「いや、そうではない。この近くに友がいるのだが、久々に顔を見たいと思ったのだ。寄ってもいいか」

遠くの屋敷に目を向けながら言う。

小五郎が、思い出すようにして問うた。

「あれに見えますのは、千人同心《せんにんどうしん》の屋敷地ですね。ご友人は、そこにおられるので?」

「いや、小さな道場をしている」

なんでも、泰徳の父、雪斎の弟子であったが、家を継ぎ、この地で甲斐無限流を教えていると言う。

ならばと立ち寄ることにして、ゆるやかな坂道をくだっていると、地蔵堂の陰から人が這《は》い出てきた。

老婆だが、どこか具合が悪いのか、四《よ》つん這《ば》いになって道に出ると、左近たちに気づき、

「た、たた……」

手を挙げて、助けを求めてくる。

小五郎が駆け寄ると、

「た、大変だ。ひ、人が、死んでるよう」

腕につかみかかり、田圃《たんぼ》を指差しながら必死に訴えた。

老婆が示すとおりに、小五郎が地蔵堂の裏の田圃に行き、すぐ戻ってきた。

「人が殺されております」

「何！」

左近と泰徳が行くと、確かに地蔵堂の裏の田圃に、冷たくなった男女の死体があった。

「これは……」

左近が思わず顔をしかめるほど、ひどい殺され方だった。

三十絡みの男女は夫婦と思われるが、身ぐるみ剝《は》がされ、草鞋《わらじ》すら身に着けていない。男は背中をすっぱりと、骨まで断《た》ち斬られている。

女は裸にされながらも犯《おか》された形跡はないが、匕首《あいくち》のような物で腹をひと突きにされたらしく、苦しみもがいた跡が地面に残り、両手は泥《どろ》で汚れていた。

「どうやら、ここで殺されたようだな」

左近は、状況からそう判断した。

「同心屋敷に知らせてまいります」

「うむ」

小五郎が、八王子《はちおうじ》千人同心を束《たば》ねる千人頭《せんにんがしら》屋敷《やしき》へと走った。

程なくして、千人頭が同心を引き連れてやってくると、田圃に下りてきた。

「こんなところにいたか……しかし、こいつはひどいな」

頭と思《おぼ》しき侍が言い、

「見つけたのは誰だ」

左近たちに鋭い目を向けた。

「あたしだよう」

老婆が名乗り出ると、

「おう、おぎん婆さんか」

地元の者とわかり、表情を和《やわ》らげた。

「こんなところで、何をしていたんだ」

「お地蔵様の掃除をしようと思って、裏にほうきを取りに回ったのさ。恐ろしいことだよう。あたしゃ、腰が抜けちまってねぇ」

「それは怖い思いをしたな。誰かに送らせるから、気をつけて帰りな」

「すまないねえ、品川《しながわ》の旦那」

おう、と返事をした品川某《なにがし》が、左近たちにふたたび目を向けた。

「貴公らは、見たところ旅の者のようだが、どこから来て、どこへ行く」

「甲府から、江戸に戻る途中にござる」

泰徳が答えると、

「そうかい。一応、手形を見せてもらおうか」

同心に顎《あご》で命じて、確かめさせた。

求められて、見せぬわけにはいかぬ。

初めに泰徳が差し出すと、

「岩城道場のあるじ、岩城泰徳か」

「何、岩城道場じゃと」

同心が口にするのを耳にした品川が、泰徳に歩み寄った。

「本所石原町の、岩城道場にござるか」

「いかにも」

「では、植村一郎《うえむらいちろう》殿をご存じか」

「我が父の弟子だったお方にござる」

「おお、これはご無礼つかまつった。拙者、千人頭の品川忠常《ただつね》と申す」

急に態度を変えた品川が、

「我ら、植村殿には、何かと世話になっておりましてな」

言いながらも、左近にうかがうような目を向け、

「こちらのお方は、供の方にござるか。おい、どうした、顔が真っ青だぞ」

左近の手形を検《あらた》めて、身を震わせる配下の同心の様子に気づいたのか、品川がいぶかしげな顔で訊く。

「どうしたのだと申しておる」

同心は顔をこわばらせ、震える手で品川に手形を渡す。

手形を見た品川も、目の前にいる浪人が徳川綱豊だと知って、目を丸くした。

「こ、こ、甲州様」

口をあんぐりと開けて後ずさり、地べたに平伏《へいふく》しようとするのを、左近が止めた。

「よさぬか。おれは忍び旅じゃ」

「は、ははあ」

「このこと、誰にも申すな」

「し、しかし」

「おれはあくまで浪人者の新見左近だ。よいな」

「ははあ」

品川と同心がうなずいた。

「それより品川とやら」

「はは」

「先ほど、こんなところにいたかと申したが、どういう意味だ。仏さんを捜していたのか」

「はい。おそらく二人は、日本橋《にほんばし》で塩問屋を営む、明石屋《あかしや》の若夫婦ではないかと」

「明石屋と申せば、名が知れた大店《おおだな》だ」

「市井《しせい》のことを、よくご存じで」

不思議そうな顔をする品川に、

「まあ、な」

さすがに左近も、市中を歩き回っているとは言わなかった。

「して、二人が明石屋の者だと、なぜわかる」

「実は先日、このようなことがござりました」

品川が言うには、未明に旅籠《はたご》を出た明石屋の夫婦が何者かに連れ去られるのを旅の者が見かけ、千人頭屋敷に届け出たという。

千人頭屋敷では、その手口から、近頃街道に出没しては強盗殺人を繰り返している鬼坊主《おにぼうず》一味の仕業《しわざ》と断定し、探索と見廻りを強化した。

鬼坊主と聞けば、いかにも大仕事をしてのけるような印象を受けるが、一味は旅人の路銀《ろぎん》を狙う追《お》い剝《は》ぎ専門で、被害の額はさほど大きくはない。

だが、一味に襲われたら最後、命が助かった者はいないという凶悪な賊で、一味の容姿はまったくの不明だった。

唯一わかっているのは、頭目《とうもく》の背中に、鬼の彫《ほ》り物《もの》が入れられているということのみ。

もしほんとうに明石屋夫婦のかどわかしが鬼坊主一味の仕業ならば、これで十件目の被害となる。未《いま》だ表沙汰《おもてざた》になっていない事件もあるだろうから、件数はこれからも増えると見られている。

極悪非道な一味を捕らえることができず、甲州口の治安を守る千人同心の面目は丸潰れであった。

街道には十分目を光らせていたものの、未明の暗闇に連れ去られたため、誰も下手人《げしゅにん》の影さえ見ていない。

「これは長丁場《ながちょうば》になる」

千人同心たちはそう言い、覚悟していた。

ところが、明石屋の夫婦が連れ去られた翌日、思わぬことで鬼坊主の尻尾《しっぽ》をつかんだ。

品川の配下である米岡晴彦《よねおかはるひこ》が、町人に姿を変えて八王子の質屋で網《あみ》を張っていたところ、怪《あや》しい男が、女物の着物を売りに現れたのだ。

米岡が、

——どうも、血の臭《にお》いがする。

長年培《つちか》った同心の勘を働かせ、怪しさを察知したのである。

「上等な着物ですね。まさか、旦那……」

米岡は、質に入れに来た男に声をかけておいて、一旦間を空けた。そのまま様子をうかがうと、男が額に汗をにじませた。

「な、なんだよう」

「この着物、ご新造《しんぞ》に内緒で持ってこられたわけじゃないでしょうね」

「むむ？」

「いえね……」

内緒で質に入れたのがばれて、あとで揉《も》めることがあるのだと説《と》くと、男のこわばった顔が、すうっと穏やかになった。

「それなら心配ない。いくらになる」

「へい……」

米岡の横に座っている質屋のあるじが、そろばんを弾いて見せると、男は二つ返事で承諾した。

普段ならば十両はする代物《しろもの》を、わざと二両で引き取ったあるじは、二つ返事をした男を送り出すと、

「こいつは、怪しゅうございますね」

じろりと睨《にら》むようにして言い、米岡に着物を渡した。

いくら着物の値打ちがわからぬ者でも、これは上等な物だと想像できるほどによい生地《きじ》を使っている。

米岡は、すぐさま男の跡をつけた。

二両を手に入れた男は、酒を飲みに立ち寄るでもなく、畑に挟まれた道を進んでいく。

そして宿場はずれの、小さな門構えの屋敷に入っていった。

米岡はあたりに人気《ひとけ》がないのを確認して、蝶番《ちょうつがい》にがたが来て傾《かたむ》いている門扉《もんぴ》の奥をのぞく。

中に入り、破れた腰高障子《こしだかしょうじ》を開けた時、奥に無頼者の姿が見えた。

慌《あわ》てて屋敷を出た米岡は、ちょうど通りかかった村の男を呼び止めて、道に迷ったふりをしながら、この家のあるじの名を訊いた。

「ああ、確かここは、空き家のはずだよ」

「そうかい、ありがとよ」

空き家と聞いてますます怪しいと思った米岡は、ここを盗人宿《ぬすびとやど》と睨み、品川に知らせたのである。

品川はただちに動き、怪しい者どもを捕らえに行ったのだが、動きを知られたのか、屋敷には誰もいなかったという。

「それで方々を捜していたところへ、今日の知らせが届いたのでございます」

品川が言い、左近はうなずいた。

「余《よ》はこれから、植村殿の道場へまいる。何かあれば、すぐに知らせよ」

「では、甲州様……」

「うむ。新見左近として、力になるぞ」

「はは」

「泰徳、まいろうか」

左近は、事件のなりゆきを見届けると決めて、泰徳に案内させた。

二

植村道場は、八王子の宿場と千人同心の屋敷地の中間のあたりにあった。

商家と長屋が建ち並ぶ通りから少し離れた、田圃と畑に囲まれた場所である。

泰徳が来たと知り、あるじ自ら出迎えて、

「ようまいった」

嬉しそうに目を輝かせて、泰徳に抱きついた。

植村の妻と娘も出迎えていたのだが、父親が喜ぶさまを見て、娘も可愛らしい丸顔に、楽しそうな笑みを浮かべている。

「佳代《かよ》殿、お久しゅうござる」

泰徳が妻の佳代に頭を下げると、

「娘の小梅《こうめ》が生まれた時以来ですね」

佳代が五年ぶりだと言い、頭を下げた。

「そんなになるか」

「はい」

父雪斎への礼節を欠かさぬ植村とは、年に一度は本所の道場で会っているが、泰徳が八王子へ来ることはなく、

「兄弟子に会いに来ぬからな、こ奴は」

植村に言われて、泰徳は苦笑いで頭をかいた。

「ささ、上がってくれ。お連れの方も」

左近と小五郎が頭を下げ、座敷に上がった。

奥の間に通されると、佳代が茶菓《さか》を出してくれた。

「娘さんは、父親似だな」

泰徳が言うと、植村が嬉しそうな顔をした。

「泰徳殿は、お子は？」

佳代に訊かれて、泰徳は首の後ろに手を当てた。

「それが、まだなのだ」

「そのうちに授《さず》かろう……」

植村が応じたあと、急に話題を変えた。

「……今日は、わざわざ訪ねてきたのではあるまい。見たところ、旅の途中のよ

うだが」

「うむ。甲府からの帰りだ」

「甲府？」

植村が、左近と小五郎を見た。

浪人者と商人を連れているので、不思議に思っただろうが、植村は踏み込んだことを訊く男ではない。

「今日は、泊まっていけ」

「そのつもりでまいった」

泰徳が言うと、佳代は喜び、夕餉の買い出しに出かけた。

「それはそうと、ここへ来る前に、事件があってな」

「事件？」

「うむ」

泰徳が鬼坊主のことを告げると、植村は不快さを面《おもて》に出した。

「品川殿に会ったか」

「うむ」

「その一味のことは、わしも胸を痛めておる」

「何かと、世話になっていると申されたが」

「うむ。この地を守るはずの千人同心たちは、どうも頼りなくてな。旅の剣客などが揉めごとを起こした時などは、助っ人を頼まれるのだ。千人同心と申せば、元来は徳川様に危機が迫った時、御身《おんみ》をお守りしながら甲府へ一旦下がり、軍備を整えて江戸を奪還する役目を担《にな》った集団であろう」

「いかにも」

「当初は、それはもう武芸達者な集団であったと聞くが、泰平の世で代が替わると、人も丸くなってくるのか……この道場へ入っても、厳しい稽古《けいこ》に耐えかねてすぐに辞《や》めてしまう。悪口は言いたくはないが、千人同心としての誇《ほこ》りに欠けておるのよ」

「さようか」

「まあ、品川殿は温厚なお方ゆえ、民に好かれているのが、せめてもの救いだ」

中には、さして剣術ができないくせに偉そうに振る舞い、旅の剣客と揉めごとを起こしては、植村道場に助けを求めてくる者もいるらしい。

「そのようなありさまだからな、品川殿自身、探索はしているものの、一味の尻尾をつかんでも、捕らえることはできぬかもしれぬ、と申されている」

この植村の懸念《けねん》は、その日のうちに、現実のものとなった。

一旦は取り逃がした鬼坊主一味が、米岡の見つけた例の空き家に戻ってきたと、見張りから知らせが届いた。

「今度こそ逃がすな」

厳命した品川は、自ら捕り方を率《ひき》いて、すぐさま出張《でば》っていった。

千人同心を含め、捕り手二十名が屋敷を包囲した時には、すっかり日が暮れていた。

指揮を執《と》る品川は、悪党どもが寝静まってから踏み込むことを決め、自らも闇の中に潜《ひそ》んで、明かりが消えるのを待った。

「よいか、一人も殺してはならぬぞ。生かして捕らえるのじゃ」

そう厳命し、部屋の明かりが消えてから一刻（約二時間）が過ぎるのを待ち、

「それ！」

と、大声で号令を発した。

薄板の門扉を打ち破り、龕灯《がんどう》を照らす中で、同心たちが一斉に障子を蹴破って突入した。

「うわっ！」

初めに突入した者が驚愕《きょうがく》の声をあげて外に吹き飛ばされ、胸を押さえてのたうち回った。

「斬られた、斬られたぞ！」

捕り手の一人が叫ぶと、空き家の中から不気味な怒号《どごう》があがり、黒装束《くろしょうぞく》の者どもが一斉に飛び出してきた。

龕灯に刃《やいば》をぎらりときらめかせ、捕り手に襲いかかる。

黒装束たちは、突棒《つくぼう》をものともせず捕り手を斬り倒し、加勢に入った同心数名も、またたく間に斬り倒された。

門を守っていた同心が、白刃《はくじん》を向けてきた鬼坊主一味に怖気《おじけ》づき、悲鳴こそあげなかったものの、小者や中間《ちゅうげん》の捕り手を置いて後ずさりした。

門の中から、放り投げられるように捕り手が押し出され、斬られた足や腕を押さえて唸《うな》っている。

辻行灯《つじあんどん》の陰に隠れた品川が様子をうかがう中、鬼坊主の一味は捕り手を追い払いながら逃げていく。

「逃がすな、追え、追え！」

米岡が仲間の同心たちに怒鳴り、捕り手たちの背中を押して走らせた。

ちょうちんと龕灯を照らして、

「待て」

と叫んでいるが、鬼坊主一味に追いつく者はいない。必死に呼子《よびこ》を吹きながら追ったが、宿場の米問屋に押し入られ、籠城《ろうじょう》を許してしまった。

三

品川が大失態を演じた翌朝、左近たちが泊まる植村道場の門をたたく者がいた。

朝餉をとっていた植村は、庭に現れた品川の使いの者から、鬼坊主の捕り物騒動の知らせを聞き、時折相槌《あいづち》を打っている。

そして話を聞き終えると、使いの者を待たせたまま、左近たちがいる居間に戻り、膳《ぜん》の前に座った。

「声が聞こえたが、捕り物があったのか」

泰徳が訊くと、植村がうなずき、箸《はし》を取った。

「鬼坊主一味の抵抗により同心五名が斬殺されたほか、大勢の怪我人《けがにん》が出たらしい。今は米問屋に立て籠《こ》もっている」

「助っ人を乞《こ》うてきたか」

泰徳が言うと、植村は笑みでうなずいた。

顔色ひとつ変えずに飯を食う姿は、呑気《のんき》といえば呑気だが、肝《きも》が据《す》わった荒武者《あらむしゃ》のようでもある。

使いの者を待たせたまま、植村は涼しげな顔で茶を飲み終えると、

「佳代、出かける」

落ち着きはらった声で告げ、

「せっかく訪ねてくれたのに、すまぬな」

泰徳に手を合わせた。

「植村殿、よろしければ、もう一泊させてもらえぬか」

左近の申し出に、植村は一瞬不思議そうな顔をしたが、すぐに笑みを浮かべ、

「いただけ、いてくれ」

泰徳と小五郎にも顔を向けて言った。

そして、妻に目を転じて、支度を急がせる。

鎖帷子《くさりかたびら》、籠手《こて》、足軽胴《あしがるどう》、脛当《すねあて》の防具を着け、腰には愛刀の国助《くにすけ》二尺六寸（約

七十八センチ）を差して支度を整えると、待たせていた使いの者と弟子と共に、出かけていった。

「おれたちも行こう」

左近が言い、安綱をにぎって立ち上がった。

千人同心が取り囲む米問屋は、旅籠を相手に商売をするだけに、家の構えはたいそうなものだ。

人の背より高い板塀に囲まれた敷地は三百坪を超え、母屋《おもや》の他に、蔵の屋根が三つ見える。

同心や捕り方の連中が街道に面した表に布陣し、周囲を固めていた。

表の戸がしっかり閉《た》てられ、打ち破った形跡はない。

同心たちに突入する気配もなく、捕り手たちは屋敷を包囲し、鬼坊主の一味と根《こん》くらべとなっていた。

植村が到着すると、昨夜から陣頭指揮《じんとうしき》を執っている品川が、憔悴《しょうすい》しきった顔で駆けつけ、

「植村殿、かたじけない」

と、頭を下げるのに対し、

「どうなっておりますか」

礼は無用だとばかりに、植村が状況を尋ねた。

「大悪党の鬼坊主をここまで追い詰めたが、同心五名を喪《うしな》い、多数の怪我人を出してしまった……生かして捕らえるつもりであったが、もはや我らでは太刀《たち》打《う》ちできぬ」

「それは難儀をされましたな。あとは、わたしにおまかせを」

同心の一人が言う。

「鬼坊主は子供の人質を楯《たて》にしております。下手《へた》に近づけば、命が危のうござる」

「承知した」

植村はうなずき、門弟に命じた。

「新上《しんがみ》、手はずどおりに行くぞ」

「はは」

師範代の新上が、門人《もんじん》二名と共に表側に残った。

植村は、門人三名を連れて裏手に回る。

新上が表で敵の気を引きつけるあいだに、裏から突入する作戦だ。

裏手に回った植村は、千人同心の連中に中の様子を訊き、紙に図を描かせた。

それによると、裏木戸から入ったところにある庭に面した部屋に、店の主人と女房子供合わせて五名がいて、他の奉公人たちは、ことごとく殺されているらしい。

廊下に鬼坊主の手下二人が立ち、一人が幼《おさな》い娘を楯にして喉《のど》に刃物を突きつけ、大声で要求を叫んでいるという。

実際、図を描かせているあいだにも、

「おい、馬を六頭用意しろ！　役人どもは家から一里（約四キロメートル）離れろ！　言うとおりにしねえと、がきを殺すぞ！」

と、同じ言葉を繰り返している。

「やけに落ち着いておるようだな」

植村は、賊どもの声が気に入らない。このような相手は脅《おど》しが効かぬし、平気で人を殺す。

「隅田《すみだ》……」

「はっ」

植村に呼ばれて、門人の隅田がそばに来た。

「お前たちは、真っ先にこいつを始末しろ」

植村は図を示し、娘を楯にする下手人を斬れと言った。

他の者は、残りの者を成敗するよう命じる。

同心の一人が梯子《はしご》を使って隣家の屋根にのぼり、中の様子を探った。

隅田と、同心五名が裏木戸の前に集まり、突入の合図を待つ。

程なく表の戸を打つ木槌《きづち》の音が響き、一味が気を取られたと見るや、隣家にのぼった同心が合図を出す。

「それ！」

植村が命じ、裏木戸が打ち破られた。隅田が突入すると共に抜刀《ばっとう》して、娘を楯にする男に突き進んだ。

意表を突かれて慌てた男が、娘を突き飛ばして刀を構える。

隅田は威勢よく気合声を吐き、男に斬りかかった。

上段から刀を打ち下ろすや、

「うぉ……」

と、喉から奇妙な呻《うめ》き声を漏らす。

隅田は敵の頭を斬ったと思ったであろうが、紙一重《かみひとえ》で刀をかわされ、隙《すき》を突かれて右肩から胸にかけて袈裟懸《けさが》けに斬られたのだ。

鎖帷子で致命傷は負っておらぬはずだが、真剣で打たれた衝撃は大きく、身体を鍛えた者でも気絶する。朦朧《もうろう》とする意識の中で、信じられぬという顔を相手に向けた。

隅田を斬った男は、そのまま他の者に襲いかかり、凄《すさ》まじい太刀さばきで次々と斬り倒している。

隅田は立ったまま気絶し、ばったりと仰向《あおむ》けに倒れた。

一瞬の出来事に、あとから突入した者たちが動揺した。

植村道場でも屈指の遣《つか》い手《て》である隅田が、あっさり倒されたのだから無理もない。

「おのれ！」

男に、門人たちが一斉に斬りかかった。

だが、渾身《こんしん》の一刀はどれもかわされ、背を斬られたり、腕を斬られたりして、たちまちのうちに倒された。

防具によって一命を取り留《と》めているものの、皆、血が噴き出る傷口を押さえて呻いている。

日頃から鍛錬《たんれん》を怠《おこた》らぬ門人たちであるが、相手が悪い。

剣の腕の差は、歴然であった。

「退《ひ》け、退けぇ！」

形勢不利と見た植村が、撤退を命じる。

一旦下がらせ、態勢を整えるつもりだ。

負傷して、身体を引きずるように出口へ向かう門人と同心たちに、鬼坊主の一味が追い打ちをかけようと迫った。

植村が前に出て、

「てや！」

愛刀国助を振るい、一味の者の腕を斬った。

隅田を倒した男が前に出ようとしたところへ、同心が植村の危機を救わんと弓矢を放ち、怯《ひる》ませた。

植村はなんとか逃れたが、同心の何人かは捕まってしまった。

這《ほ》う這《ほ》うの体《てい》で退散した植村たちの姿に、品川は息を呑《の》んだ。

どうやら鬼坊主はただの追い剝ぎ盗賊ではなさそうだと、今になって気づいたのである。

「あの剣客、ただ者ではない。何者だろうか」

植村が千人頭の品川に訊いても、首をかしげるだけで答えは返らぬ。

「誰か、奴に太刀打ちできる者はおらぬか」

品川が、いらいらした様子で言った。

「植村殿が退《しりぞ》かれたのです。我らの中にはおりませぬ」

配下の一人が言うと、

「このまま兵糧《ひようろう》攻《ぜ》めにする他ございませぬぞ」

別の配下が進言した。

無理に討ち入ろうとしても、無駄に命を失うだけだというのが、配下たちの言い分である。

「おい！　役人ども！」

塀の中から怒鳴り声がした。

「ふざけた真似《まね》をしたらどうなるか、とくと見やがれ」

植村と品川が顔を見合わせ、打ち破った裏木戸から中を見た。

「石田《いしだ》！」

品川が叫ぶと、捕らえられていた同心が恐怖に引きつった顔で助けを求めた。

足を斬られて逃げ遅れた石田は、地べたに座らされ、喉に刃を当てられている。

黒装束に身を包んだ男が縁側で叫び、手下二人が石田の肩を押さえていた。

大勢を斬った剣客の男は、頭と思しき黒装束の男のそばに座り、油断のない目を植村に向けている。

「待て、要求を呑む。呑むから、その者の命は助けてくれ」

品川が懇願《こんがん》するように言うが、黒装束の男は聞く耳を持たない。

「やれ！」

命じると、手下の者が刀を振り上げた。

「死ね！」

手下が刀を打ち下ろそうとしたその時、風を切って飛んできた矢が、手下の肩を貫《つらぬ》いた。

「ぎゃああっ！」

刀をにぎったまま倒れた仲間に、黒装束の男が目を見開き、石田を楯にしてあたりを見回した。そこへ次の矢が放たれ、右腕に深々と突き立った。

事態に慌てた鬼坊主一味の一人が、人質を楯にしようとしたが、続けて放たれた矢に背を射抜《いぬ》かれ、呻き声をあげて人質の中に突っ伏した。

驚愕した植村や同心たちが、矢が放たれたほうを見て、思わず絶句した。

屋根にのぼった新見左近が、弓に矢を番《つが》えて狙いを定めていたのだ。

「こっ」

甲州様と言いかけて、品川が慌てて口を押さえた。

「新見殿！」

声をかけた植村に、左近が微笑を浮かべてうなずき、

「助太刀《すけだち》いたす」

言うなり、またもや矢を放った。

中で悲鳴がすると共に、隙を突いて表から突入した新上たちが、人質を連れ出した。

残るは盗賊の頭と、剣客の男。

矢を放った左近に、二人は恨《うら》みを込めた目を向けている。

「おのれ、よくも！」

この隙に、泰徳が抜刀して中へ駆け込んだ。

剣客が刀の柄《つか》に手をかけた。

黒装束の男も抜刀しながら、

「貴様も千人同心か！」

と訊く。

ゆるりと歩む泰徳が白い歯を見せ、

「いや、通りすがりの者だ」

余裕の笑みを浮かべて言った。

「ふ、ふざけやがって……おい」

黒装束の男が後退し、剣客に斬れと命じる。

抜刀した剣客が、隙のない動作で八双《はっそう》に構え、

「あの世へ送る前に、名を聞いておこう」

と言い、じりっと、左足を前に出した。

「岩城、泰徳だ」

すると、剣客が目を見張り、一歩退《ひ》いた。

「あの、甲斐無限流の、岩城か」

「…………」

「答えろ！」

剣客が怒鳴った。

「いかにも」

そう答えると、剣客の目が輝きを増した。

「剣豪として名が知れた貴様を倒せば、拙者の名がのちの世に残る。これも、天のめぐり合わせじゃ」

「人殺しの盗賊など、名は残らぬ」

泰徳は腰を低くして、愛刀を構えた。

剣客が前に出て、

「てぇい！」

八双から横一閃《よこいっせん》に胴を払うと見せかけて、上段から袈裟懸けに斬り、凄まじい刃風《はかぜ》が泰徳を襲う。

隅田を一刀のもとに倒した凄まじき剣だが、泰徳は紙一重で切っ先をかわし、空振りした相手の隙を突いて肩から斬り下げた。

「うおっ」

斬られて目を見張った剣客が、顔を地面に向けたまま突っ伏した。

「おのれ！」

怒号を放ちながら黒装束の男が斬りかかったが、泰徳は刀を擦《す》り上げてかわすと、返す刀で首筋を断ち斬った。

血が噴き出る首を押さえた黒装束の男が、一歩二歩と足を出して膝をつき、呻き声をあげて倒れた。

刀に血振《ちぶ》りをくれて鞘《さや》に納《おさ》める泰徳を、千人同心の連中は驚愕の眼差しで見守っている。

悪党から恐れられる植村が手に負えぬ相手を、たった一人で倒したのだから、驚くのも当然であろう。

「相変わらず凄まじい剣だな、泰徳」

植村に言われ、

「出過ぎた真似をした」

泰徳は頭を下げた。

「思うてもおらぬくせに」

植村が笑いながら肩をたたいた。

「者ども、引っ立てい！」

品川に命じられて、配下の者が一味に縄をかけた。

「下手人の背中を検めよ。この者がまことの鬼坊主ならば、鬼の彫り物があるはずだ」

品川の配下の者が、泰徳に斬られた黒装束の男の着物を剝いだ。

背中に赤鬼《あかおに》が彫ってあり、おぞましい目が、泰徳を睨んでいる。

「鬼坊主に違いありませぬ」

配下の者が言うと、

「うむ」

うなずいた品川が、

「岩城殿と申したな。大手柄だぞ」

助太刀かたじけないと言い、頭を下げた。

「何か、礼をしたいのだが」

「それには及びませぬ」

泰徳は断り、左近たちと、植村の道場に帰った。

左近の後ろ姿を見送る品川は、黙って頭を下げた。

四

翌日は快晴であったが、植村家の離れで寝ていた左近は、ゆっくりと朝寝を楽しみ、昼前になってようやく起き出した。

裏庭の井戸端で顔を洗い、離れに戻って縁側に座った。

苔《こけ》と石の築山《つきやま》が見事な庭を眺めていると、小五郎が入ってきた。

「殿、お目覚めですか」

「泰徳は、道場か」

「いえ。佳代殿と小梅殿と共に、梅の花を見に出かけられました」

「さようか」

「昼過ぎには、戻られるそうにございます。植村殿が、もう一泊されてはどうかと、申されておりますが」

「泰徳は、そのつもりなのだろう」

「殿次第だと」

「うむ。では、もう一泊しよう」

「はは」

小五郎は笑みを浮かべたが、すぐ真顔になった。

「先ほど、品川殿の使いの者が植村殿を訪ねたのですが、妙なことを言い出しました」

「うむ？」

「鬼坊主が、偽者《にせもの》だと」

「偽者？」

「遺体を検めた医者が、偽者ではないかと言い出したとのことで、千人頭屋敷で揉めているそうです」

遺体を検めたのは、植村が紹介した医者らしく、仲裁に来てくれと頼みに来たらしい。

「品川は、ことあるごとに植村殿を頼るのだな」

八王子千人同心は、身分こそ郷士《ごうし》だが、徳川家康《いえやす》公が江戸に入府《にゅうふ》と同時に発《ほっ》足《そく》した幕臣集団だ。

その同心を統率《とうそつ》する千人頭は、旗本身分である。

本来なら民の模範となり、治安を守らねばならぬはずなのに、

「道場主に助けを求めるとは、情けない」

幕臣としての誇りのなさに、左近は嘆息《たんそく》した。

「余も、まいろう」

品川に活《かつ》を入れるべく、植村に同道を申し出て、千人頭屋敷に向かった。

屋敷に行くと、初老の町医者と品川が、激しく言い争っている。

「あれだけ非道な振る舞いをしてのけた男だ。鬼坊主に違いない」

品川が言うのに対し、医者が反論する。

「背中の彫り物は、彫られたばかりの新しい物。鬼坊主とは、背中に鬼を背負った盗賊ゆえ、つけられた異名ですぞ」

「それがどうした」

「お頭がその名を初めて耳にされたのは、昨年の秋だと申されました。しかし、あの者の彫り物は彫ってまだ日が経《た》っておらず、針の傷が癒《い》えておりませぬ」

「だから、彫りなおしたのだ！」

「強情なお人だ」

「黙れ！」

つかみかからんばかりの勢いの品川を前に、町医者は薄笑いで応じた。

「なんだ、その顔は。馬鹿にしておるのか」

「元々こういう顔なのは、ご存じでしょうに」

怒っていても笑っているように見られるのが、初老の町医者、元伯《げんぱく》の顔らしい。人を小馬鹿にしているようにも見えるし、柔和《にゅうわ》にも思える。一長一短と言える顔立ちだが、この場では短所の色が濃い。

「紛《まぎ》らわしい顔じゃ。もうよい、帰れ」

千人頭の品川に言われたら、引き下がる他ない。

仕方なく帰途につこうとする元伯を、植村が声をかけて止めた。

「待たれよ、元伯先生」

「これは、植村様」

頭を下げる元伯の前に品川が割って入り、左近がいるのに気づいて慌てた。

「昨日はどうも、世話になり申した」

急におとなしくなり、神妙な顔で頭を下げる。

「おれの友が倒したのは、鬼坊主ではないのか」

左近が口を開くと、品川が顔を青ざめさせた。

「いえ、そのようなことは……」

「品川殿には訊いておらぬ」

品川が息を呑み、横に下がった。

「先生、彫り物が違うと申したな」

左近にかわり、植村が訊いた。

「違うのではなく、新しいと申し上げたのです」

「一部ではなく、全体がか」

「はい」

「して、彫り物とは、新しく入れなおせるのか」

「一度入れたら、消せませぬ」

「品川殿、遺体を見せてくれぬか」

植村に頼まれて、品川は仕方なく承知した。

遺体を置いている場所に向かった植村と左近たちは、背中に彫られた彫り物を調べた。

皮膚に彫られたおぞましい赤鬼の顔は、血が通わぬせいか、くすんで見える。

斬られた当人の恨みが込められたように、鬼の目がぎろりと左近を睨んでいた。

「この目玉のところを見てください。彫り終えたばかりのような腫《は》れが残っております」

元伯が、扇子《せんす》の柄《え》で指し示しながら言った。

「確かに。他にも、かさぶたが残っているな」

左近が言うと、品川が地べたを這うようにして、皮膚の彫り物を確かめた。

「なんだ、おぬし。見もしないで先生とやり合っていたのか」

植村の言葉に、

「は、ははは」

品川が苦笑いをして、

「申しわけない」

元伯に頭を下げて、素直にあやまった。

「なんの」

ころりと機嫌を直した元伯は、

「それよりも、本物を捜さねばなりませぬな」

と、気の毒そうに言う。

「こ奴が影武者とすると、本物はすでに、この地にはおらぬかもしれぬ」

品川が考える顔で言った時、入口から同心が駆け込んできた。

「お頭様、大変です！」

「どうした」

「米岡さんが、何者かに斬られました」

「何！」

千人同心が昼間から斬られたとは、穏やかではない。

「どこにいる」

血相を変えた品川が訊くと、総門の番所に運び込まれていると言うので、元伯に治療を頼んで、すぐに向かった。

だが、米岡はすでに、息絶《いきた》えていた。

「運んだのはお前たちか」

品川が訊くと、門番たちがうなずいた。

表で怒号がしたので駆けつけると、道に倒れた米岡のそばに、一人の旅の僧侶が立っていたという。

「あの坊主、次は、仲間を斬った奴の番だと言って立ち去りました」

「何、泰徳を狙うだと」

植村が言うと、

「へい、恐ろしい男でした……」

顔を真っ青にしてうなずき、門番が米岡を見下ろした。

米岡は左肩から胸にかけて斬られており、それが致命傷であった。不意に襲われたのか、刀を抜こうとしたところを斬られたらしく、右腕も肘《ひじ》の先から斬り落とされていた。

「振り向きざまに斬られたようじゃな」

元伯がそう言って、手を合わせた。

「不意打ちとは卑怯《ひきょう》な」

部下を喪った品川が、悔しさに歯を食いしばっている。

「それにしても、米岡ほどの遣い手を、ただの一刀で斬り殺すとは……」

同心の一人が不安げに言うと、別の一人が、

「お頭様、本物の鬼坊主が仕返しに来たのでしょうか」

と訊く。

「間違いなかろう……次は仲間を斬った者の番だと、確かに申したのだな」

品川がふたたび確かめると、門番がうなずいた。

「顔を見たか」

「それが、笠《かさ》で見えませんでした」

「簡単には正体を現さぬか。これまで奴の顔を見た者がおらぬのが歯がゆい。唯一の手がかりは、背中の赤鬼の彫り物のことを、わしに垂れ込んだ飯盛女《めしもりおんな》だっ

たが……その者も去年、死んでしまったしな」

品川が言うと、皆黙り込んだ。

「その飯盛女は、鬼坊主の女だったのか」

左近が訊くと、

「いえ。たまたま奴らの話を耳にして知らせてくれたのですが、それがしが聞いた時には、すでに一味は姿を消したあとだったのです」

飯盛女は、その直後に殺されたという。

「どうやら鬼坊主は、相当に執念深い男のようだな」

左近の言葉に、植村がうなずいた。

「我らも油断しておったのだ。こんなことに巻き込んでしまい、岩城殿には、まことにすまぬことをした」

品川が神妙な顔で言うと、

「悪いのは、鬼坊主ただ一人」

左近の目が、鋭く光った。

「米岡殿を斬った旅の僧侶は、どちらに逃げた」

門番が、指し示しながら答えた。

「前の通りを、北の方角へ」

「梅畑があるほうだ」

植村が言うと、左近が表に出た。

「どちらへ？」

「泰徳たちが心配だ」

答えて、駆け出した。

植村と小五郎が、そのあとに続く。

「我らも行くぞ」

「おう！」

「馬を引けい！」

品川の命令で、その場にいた同心たちは、捕り物の支度をした。


組屋敷が並ぶ通りを、左近が北へ向かっている。

通りを歩んでいた旅の僧侶が、すっと辻灯籠《つじどうろう》の陰に身を隠した。

ほどけた草鞋の紐《ひも》を結びなおすふりをしているうちに、背後を左近が駆けていく。

様子をうかがった僧侶は、ひたひたと走ってあとを追う侍と商人に気づいて、ふたたび草鞋の紐に手を伸ばした。

足音が遠ざかるや通りに身を戻し、編笠《あみがさ》に手をかけてそっとあたりを見回し、慎重に歩を進める。

名も知らぬ武家屋敷の長大な築地塀《ついじべい》沿いを歩み、人気がない通りの辻を曲がろうとした時、目の前に白刃が突き出され、僧侶は咄嗟《とっさ》に跳びすさった。

そしてすかさず、腰の後ろに隠す刀に手を回す。

「ほう、坊主にしては、ずいぶんよい動きをする」

切っ先を向けた左近が歩み出る。

「何者だ」

僧侶らしからぬ胴間声《どうまごえ》が発せられた。

「ふん」

左近は答えずに鼻で笑い、目を見据《みす》えた。

「後ろに隠した刀を抜いたらどうだ。それとも、正面から来られては、得意の不意打ちができぬか」

「不意打ちなどと、物騒なことを申されるな。拙僧は京より旅をしてまいった者。刀など持ってはおりませぬ」

両手を広げて見せる僧侶は、顔の前で合掌《がっしょう》すると、

「では、先を急ぎますのでな」

頭を下げて、歩を進めようとする。

「おぬし、気づいておらぬのか」

左近が言うと、僧侶が足を止めた。

「はて、なんでござるか」

「袈裟に、血の臭いが染みついておるぞ」

言うなり、安綱の切っ先をふたたび突きつけようとした。

身軽に跳びすさった僧侶が、たまりかねて隠し刀を抜き放つ。

同時に、腰を低く落として切っ先を向けると、

「死ね！」

間合いに飛び込むや、鋭く突いてきた。

左近は切っ先を紙一重でかわすと共に、太刀を小さく振るって、敵の右の小手を浅く斬った。

「うぐっ」

激痛に呻き声をあげながらも、左手ににぎった刀を振り回した僧侶であるが、左近の太刀に弾き飛ばされ、首筋にぴたりと刃を当てられるにいたって、動きを止めた。

「き、斬れ」

「貴様が、鬼坊主か」

左近が訊くと、僧侶は不敵な笑みを浮かべた。

「お頭を、ただの盗賊だと思うな。今頃は、てめぇの仲間も植村の可愛い娘も、斬り刻《きざ》まれているだろうぜ。女房はきっと高く売れるだろうな、ええ。くくっ」

「おのれ」

植村が胸ぐらをつかみ上げたが、僧侶は勝ち誇ったように笑っている。

左近は、僧侶の背後で安綱を振り上げ、

「むんっ！」

袈裟懸けに斬り下ろした。

おうっ、と息を吞む僧侶の着物がざっくりと口を開けたが、背中に鬼の彫り物はない。その背中を蹴り倒した左近が、あとから追ってきた品川に引き渡した。

「この者を連れて屋敷へ戻れ。暴れたら斬っても構わぬぞ」

左近の言葉を、そのまま配下に命じる品川に、

「馬を貸してくれぬか」

左近が頼んだ。

「はは」

品川が慌てて馬から下りる。

左近は馬にまたがり、

「植村殿」

手を伸ばして後ろに乗せると、泰徳たちがいる梅畑に急いだ。

五

日々絶えぬ旅人に交《ま》じり、町人風の男が旅籠の暖簾《のれん》を潜《くぐ》った。

下女に足を洗ってもらい、二階の部屋に上がると、通りを見下ろしている老翁《ろうおう》の後ろに座った。

半着《はんぎ》にかるさんを穿《は》いた老翁は、一見すると、ただの武家の隠居に見える。

だが、頭を下げる男に向ける目は、見る者が見れば、ただ者ではないとすぐにわかるほどに鋭い。

「松中《まつなか》の先生は、千人同心を斬ったのか」

低く威厳のある声で老翁が訊いた。

「へい、知らせが、たった今来やした。先生は、もうすぐこちらへ来られやす」

「屋敷に動きは」

「慌てて出張ってったのを、見ておりやす」

「うまくやってのけたようだな」

「へい」

「ふん、これから皆殺しにされるとも知らずに、間抜け面《づら》で梅を見てやがるか」

「連中は、お頭が死んだと思って油断してますぜ」

「梅の木が、奴らの墓標よ。このおれに睨まれたらどうなるか、思い知らせてやる」

鬼坊主こと赤鬼の勘蔵《かんぞう》が、子分をぎろりと睨み、

「松中の先生が戻り次第やる。支度を抜かるんじゃあねえぞ」

「へい」

背を返す子分を見送り、遅れて旅籠を出ると、宿場のはずれにある飯屋の暖簾を潜った。

店の小女《こおんな》に案内されて二階の小部屋に上がると、窓から外を眺めていた若い女が振り向いて微笑《ほほえ》み、勘蔵に寄り添うように座りなおした。

その女の肩を抱き、

「一刻（約二時間）もすりゃ、すべてが終わる。上方《かみがた》で、腹の子とのんびり暮らそう」

まだ小さな女の腹をさすり、優しげな声で言う。

孫ほどの歳の女は、名をおていという。

世の中の酸《す》いも甘いもまだ知らぬほどの、若い娘である。

半年前、中山道《なかせんどう》の浦和宿《うらわじゅく》にほど近い場所で旅人を襲った際に、出会った女だ。

その時は一人働きであり、五十を過ぎてから女に対する興味が薄れていたこともあって、連れの男から金を奪い、女も殺すつもりだった。

ところが、女が村の実家から売られて、草津《くさつ》の宿場に向かう途中だと知り、年を取って妙な情が湧《わ》いたか、魔が差したか、わずかな金をにぎらせて解き放った。

だが、女は自分を救ってくれた勘蔵から離れようとしない。

追い払ってもどこまでもついてくるので、仕方なく江戸に連れ戻ったのだが、一緒にいるうち、この孫ほどの歳の娘に手をつけてしまった。

手をつけてみるや、

「これほどのおなごを、わしは知らなんだ」

そう思わせるほど、おていの女体は、素晴らしいものであった。

おていに夢中になった勘蔵は、己の身体が若返ったような心持ちとなり、同時に、この世への未練が生じていた。そして、おていが子をはらんだと知るにいたって、盗賊の道から足を洗うことを考えはじめたのである。

とはいえ、子分どもの手前、簡単に抜けられるものでもない。

あきらめていた矢先に、昨日の騒動が起きた。

手下どもが潜む盗人宿が襲撃され、影武者が殺された時、勘蔵は足を洗う好機到来と、思案をめぐらせたのである。

「おてい、もうすぐ片がつく。これまで貯め込んだ銭があれば、一生不自由はしねえ」

勘蔵は、おていの耳に、大金の隠し場所をひそひそとささやいた。

「これが、その鍵だ」

錠前《じようまえ》の鍵を見せてやると、おていは嬉しそうにしがみついた。

「だからな、おてい。わしが戻るまで、ここで待っていろよ」

鍵を懐《ふところ》に納めると、最後の仕上げをするべく、飯屋をあとにした。

梅畑が見える林に潜む手下どもは、影武者と仲間を殺した剣客と、千人同心どもを仕留めようと意気込んでいる。

そこへ向かった勘蔵は、手下の一人に並んで身を潜めた。

「先生はまだか」

「今、物見を走らせています」

勘蔵が頼みの松中が、左近によって捕らえられたとは、一味の者が知る由《よし》もない。

二人が密《ひそ》やかに話していると、林の下の道を一頭の馬が駆け抜けた。

馬は田圃のあぜ道に止まり、下馬した左近と植村が、梅畑に向かって走る。

それを見て、

「来たぞ」

「お頭、先生を待たずに、今から殺《や》っちまいやしょう」

そう話しているうちに、梅畑にいる者たちが騒ぎ出した。知らせを受けて、泰徳たちが急いで帰途につこうとしている。

「お頭！」

物見役の手下が戻ってきた。

「どうだった」

「どうもこうも、松中の先生は、馬に乗ってきたあの野郎に打ちのめされて、捕まっちまったようです」

「ちきしょう、あの侍か……」

聞いた手下が、左近を睨みながら言った。

「先生を倒すとはかなりの遣い手だが、お頭、数はこっちが上だ。今なら殺れますぜ」

「よし、おめえが先陣を切れ」

「へい。おい野郎ども、仲間の敵討《かたきう》ちだ。ぶっ殺して、鬼坊主の恐ろしさを世に轟《とどろ》かせるぞ」

「おう！」

勘蔵の手下十二人が、一斉に林から出た。

刀を抜いて、梅畑めがけて田圃を走る。

だが、横から怒濤《どとう》の勢いで迫る集団に出くわし、手下たちは驚愕した。

鎖帷子、籠手、足軽胴、脛当の防具で身を固めた集団が迫り、

「千人頭、品川忠常だ！　神妙にいたせ！」

怒鳴るなり、抜刀した。

確かに数で迫る千人同心に迫力はあったが、強者《つわもの》が揃《そろ》う鬼坊主一味はまったく動じない。

「しゃらくせえ、殺っちまえ！」

矛先《ほこさき》を変えて、集団に斬り込んだ。

しかし、こうなっては多勢《たぜい》に無勢《ぶぜい》。

完全装備の千人同心に勝てるはずもなく、勘蔵の手下たちはたちまちのうちに討ち取られ、あるいは捕縛《ほばく》されて騒ぎは収まった。

「彫り物を検めよ」

品川が命じた時には、当の勘蔵はもう、林の中から離れていた。

初めから逃げる気でいた勘蔵は、一人林に身を伏せ、斬り合いの騒動の中、手下を捨てて逃げ去ったのである。

六

泰徳は、梅の木の下で小梅の目を塞《ふさ》ぎ、離れた場所から捕り物を見ていた。

賊を捕縛し終えた品川が、田圃のあぜ道を駆けてきて、植村に知らせる。

「鬼坊主がおらぬ……近辺を捜させるが、気をつけて帰ってくれ」

「百姓家に潜んでおるかもしれぬな。探索を手伝おうか」

「それには及ばぬ」

「くれぐれも油断なさるな、品川殿」

左近が言うと、品川は神妙に頭を下げた。

駆け戻る品川の背中を見送ったが、

「やはり探索に行く。泰徳は、急ぎ屋敷へ戻れ。道中、気をつけてな」

左近は泰徳に皆の警固《けいご》を頼むと、小五郎を伴《ともな》い、鬼坊主の探索に加わるべく、宿場へと向かった。

千人同心の探索は、宿場の旅籠はもちろん、商家から裏長屋にいたったが、未だ発見の知らせはない。

左近は小五郎と共に、千人同心たちからは距離を置いたところで、一味を捜している。

物々しいいでたちの同心たちが走り回る姿に、旅人たちは怯《おび》えた眼差しを向けている。

凶悪な賊が逃げていると聞いて家路を急ぐ者もいれば、その場にとどまり、探索の様子を見守る野次馬たちもいる。

品川が、左近を見つけて歩み寄ってきた。

「見つからぬか」

左近が訊くと、

「どこにもおりませぬ」

悔しげに、かぶりを振った。

そこへ、同心の一人が駆け寄った。

「お頭様、こちらへ……」

ただならぬ様子の同心に連れていかれたのは、宿場から少し江戸の方角へ戻った場所にある、小さな飯屋だ。

暖簾を潜ると、小女が怯えた顔で迎えた。

「上へどうぞ」

同心に言われ、

「まさか、鬼坊主がいるのか」

品川の問いに、同心がうなずいた。

「よし」

品川が抜刀して上を睨むと、

「観念しておりますので、刀は不要にございます」

同心が言い、先に階段を上がった。

小五郎が続き、左近は最後に進んでいく。

狭い廊下を奥へ進み、閉《た》てられた障子を開けるや、品川が驚きの声をあげて中に入った。

あとから上がった左近の目には、まず火鉢《ひばち》が映《うつ》り、そしてその向こう側に、藍《あい》色《いろ》の足袋《たび》を履いた足が見えた。うつ伏せに倒れた男を、品川と同心が見下ろしている。

「この男がおそらく、鬼坊主にございます」

同心はそう言うと脇差を抜き、すでに切っていた男の着物をさらに大きく切り開いて見せた。

背中には確かに赤鬼の彫り物があり、腰には三箇所、刺し傷があった。

どれが致命傷かはわからぬが、状況からして、初めのひと突きで動けなくなったようだ。

「鬼坊主ほどの者が、後ろから刺されるとは……お前が仕留めたのか」

品川が同心に訊くと、かぶりを振った。

「いえ、それがしが来た時にはもう、息絶えておりました」

「では、仲間割れか」

「いえ、ここには、若い女と一緒だったそうです」

「若い女？」

「はい」

手下を見捨て、こっそり逃げ戻った勘蔵は、この飯屋に入った。

だが、二階から下りてきたのは、若い女だけだった。

妙だと思った小女が二階に上がり、声をかけて中に入った時には、すでに勘蔵は殺されていたのだ。

左近は窓から外を眺め、品川と同心の言葉を聞いていた。

「すぐ女のあとを追ったのですが、どこにも見当たりません」

悔しげに言う同心に、遺体を検めていた品川は、薄笑いを浮かべて応じた。

「鬼坊主と言われた極悪人も、女を見る目はなかったようだな。どれほどの大金を持っていたのか知らぬが、懐には何も残っておらぬ」

「まだ幼さが残る女だそうですし、人を殺《あや》めるようには見えなかったと……」

「……どうした」

品川が訊くと、同心が、なんともやりきれぬ、といった表情で告げる。

「小女が申すには、腹に子がいるのだと、女が言ったそうで」

「孫ほどの歳の女をはらましたか……」

倒れ伏す白髪頭を見下ろしながら、左近は言った。

「……生まれてくる子のために、殺して逃げたのだろうな」

「子のために、父となる男を殺すのですか」

品川が目を丸くしている。

「大悪党を、父と呼ばせたくなかったのであろう」

左近は、子を宿《やど》した女のことを思い、嘆息した。

「なるほど。しかし、自分が人殺しになったのでは、同じでございましょう」

品川が言うのに、左近が顔を向けた。

「品川殿」

「はは」

「貴殿が鬼坊主を仕留めたことにして、手柄にしてはどうか」

品川がぎょっとした。

「女を見逃せと、申されますか」

「大悪党の鬼坊主を仕留めてくれたのだ。名乗り出れば、褒賞《ほうしょう》ものだと思うが」

「あっ」

名案だ、とばかりに品川が手をたたき、表情をぱっと明るくした。

左近と小五郎は顔を見合わせて笑みを浮かべ、一件落着だとうなずいた。

※

「ご隠居様」

新見正信は、声に応じてゆっくり目を開けた。

腹の傷はよくなりはじめたと思われていたのだが、左近が甲府を発《た》った翌日から寝たきりになっている。

「詮房か」

「はは」

利発《りはつ》そうな顔立ちをした若侍が、部屋の障子を開けた。

城内にあるこの屋敷は、いずれ出ることが決まっている。終《つい》の住処《すみか》は、甲府近郊に用意された隠宅《いんたく》だ。

「夢を、見ておった。殿の夢じゃ」

正信が言うと、間鍋詮房は枕元に座り、

「殿が無事、江戸のお屋敷に戻られたとの知らせがまいりました」

傷に響かぬよう、耳元でささやくように言った。

正信は安堵の笑みを浮かべている。

「殿を我が子として預かった日が、昨日のことのように思い出される」

「殿が幼少の頃は、どのようなお方でございましたか」

「幼い頃は病弱でな。季節の変わり目などは、いつも風邪《かぜ》を召されておった……

妻などはもう、腕の中に抱き続けて、看病したものだ」

「それは、初耳です」

「あのように立派になられたのだ。想像もできまい」

「まことに」

「殿はいずれ、徳川宗家を継ぐことになろう」

「殿が、将軍に？」

「ないことではないと、こころに留《と》めておけ。その時は詮房、そちが殿をお助けせよ」

「わたくしめに、できましょうか」

「それは、そちのこころがけ次第じゃ」

「何とぞ、ご教示のほど、お頼み申します」

「もはや、そちに教えることはない。わしの役目は終わりじゃ」

「まだまだ、未熟にございます」

「あれこれ考えずともよい。そちがすることは、ただひとつ。何があっても、殿を裏切らぬことじゃ。よいか、詮房」

「もとより、そのつもりにございます」

「この先、殿が将軍家を継ぐことになれば、そちは側近中の側近だ」

「はい」

「そちの力を利用せんとたくらむ物《もの》の怪《け》どもが、甘い蜜をぶら下げてくるであろう。よいか、何があろうと、決して殿を裏切ってはならぬぞ」

「はは、肝に銘《めい》じておきます」

「それを聞いて、安心した」

間鍋詮房にすべてを託した正信は、己の役目を終えたとばかりに、静かに息を引き取った。

左近が正信の死を知ったのは、梅の花が散りはじめた頃であった。

正信は、微笑むような顔で、旅立ったという。

本書は2012年11月にコスミック・時代文庫
より刊行された作品を加筆訂正したものです。

双葉文庫

さ-38-19

浪人若《ろうにんわか》さま 新見左近《にいみさこん》 決定版《けつていばん》【五】

陽炎《かげろう》の宿《しゅく》

2022年6月19日　第1刷発行

【著者】

佐々木裕一《ささきゆういち》

【発行者】

箕浦克史

【発行所】

株式会社双葉社

〒162-8540 東京都新宿区東五軒町3番28号

［電話］03-5261-4818(営業部)　03-5261-4868(編集部)

www.futabasha.co.jp(双葉社の書籍・コミックが買えます)

【印刷所】

中央精版印刷株式会社

【製本所】

中央精版印刷株式会社

【フォーマット・デザイン】

日下潤一

ISBN978-4-575-67115-5 C0193
Printed in Japan